DREAMBOOKS★

DREAMBOOKS★

DREAMBOOKS★

DREAMBOOKS

시니어 신무협 장편소설
ORIENTAL FANTASY STORY & ADVENTURE

일보신권

⟨18⟩

### 일보신권 18 나비의 날갯짓으로 시작하여

초판 1쇄 인쇄 / 2014년 1월 6일
초판 1쇄 발행 / 2014년 1월 13일

지은이 / 시니어

발행인 / 오영배
책임편집 / 편집부
펴낸 곳 / (주)삼양출판사 · 드림북스

주소 / 서울특별시 강북구 솔샘로67길 92
대표 전화 / 02-980-2112  팩스 / 02-983-0660
편집부 전화 / 02-980-2116  팩스 / 02-983-8201
블로그 / blog.naver.com/dreambookss

등록번호 / 제9-00046호
등록일자 / 1999년 3월 11일

ⓒ 시니어, 2014

값 8,000원

(주)삼양출판사 · 드림북스의 서면 허락 없이는 어떠한
형태나 수단으로도 이 책의 내용을 이용하지 못합니다.

ISBN 978-89-542-4981-2 (04810) / 978-89-542-3281-4 (세트)

* 지은이와 협의하에 인지는 생략합니다.
* 잘못된 책은 구입한 곳에서 바꾸어 드립니다.

이 도서의 국립중앙도서관 출판시도서목록(CIP)은 서지정보유통지원시스템 홈페이지(http://seoji.nl.go.kr)와
국가자료공동목록시스템(http://www.nl.go.kr/kolisnet)에서 이용하실 수 있습니다.
**(CIP제어번호: 2014000039)**

시니어 신무협 장편소설
ORIENTAL FANTASY STORY & ADVENTURE

# 일보신권

나비의 날갯짓으로 시작하여

일보신권

## 목차

**제1장** 투사학예(偸師學藝) *007*

**제2장** 저마다의 속셈 *047*

**제3장** 남궁가의 이야기 *089*

**제4장** 일파만파(一波萬波) *117*

**제5장** 신창, 이곳에 잠들다     *157*

**제6장** 무당의 선택     *211*

**제7장** 태극대합일     *249*

**제8장** 서가촌의 변화     *289*

제1장

투사학예(偸師學藝)

햇볕이 따사롭게 내리쬐는 연무장.

사십 명의 수련생들이 나란히 줄을 서서 단상 위를 바라보고 있었다.

나름대로 맞춰 선다고 섰지만 줄은 비뚤비뚤하다.

구이남은 수련생들을 쭉 훑어보며 고개를 갸웃거렸다. 뭔가 어색한 기분이 들었다.

"어째…… 모양새가 이상하다?"

오기 전에는 고르고 골라 온 정예병을 예상했었다. 탄탄한 근육을 가진 젊은 병사들이 매서운 눈빛을 빛내며 기다리고 있을 거라고 생각했다.

한데…… 현실은 아니었다.

창백한 얼굴로 따사한 햇볕에 연신 눈을 깜박거리는 비실비실한 수련생.

서 있은 지 얼마나 됐다고 벌써 얼굴이 땀으로 범벅이 된 채 숨을 푹푹 내쉬고 있는 뚱뚱한 수련생.

어디서나 볼 수 있는 평범한 덩치의 평범한 수련생.

주름살이 자글자글한 노인……까지.

'노인?'

구이남은 노인에게서 시선을 멈추었다.

유심히 살폈지만 외공을 익혀서 관자놀이가 불룩하다거나 한 것도 아니고, 아랫배가 볼록하게 나와 내공을 익힌 흔적이 보이는 것도 아니다.

그냥 노인이다.

'흐음.'

구이남은 이마를 긁었다.

'뭘까……?'

어떻게 이러한 인원이 구성되어 있는지 알 수가 없었다.

아무래도 이번 일, 뭔가 찝찝하다.

'괜히 주제넘게 한다고 나섰나.'

그저 자신의 불길한 예감이 들어맞지 않기를 바랄 수밖에 없었다.


불안한 것은 수련생들 또한 마찬가지였다.

수련생들은 자신들이 왜 여기에 와 있어야 하는지 전혀 모르고 있었다.

솔직히 아직도 혼란스럽기만 하다. 어느 날 갑자기 전출되어서는 무슨 무공을 배우라고 하니 황당한 것이다.

그렇다고 관련 직무에 종사하고 있는 것도 아니었다. 몸쓰는 일과 관계없는 일을 하고 있는데 별안간 뭔 무공인가. 하다못해 그냥 군사훈련도 아니고 말이다.

게다가 와서 보니 자기만 그런 게 아니라 다른 이들도 처지가 비슷하다.

그래서 처음 수련생들이 한 생각은 이랬다.

'내가 뭘 잘못했나? 윗대가리한테 밉보인 게 있나?'

물론 몇몇은 밉보일 만한 일을 했다. 또 몇몇은 관직 생활을 하면서 뇌물을 받아먹기도 하고 법에 어긋나는 짓도 했다. 켕기는 구석이 있는 수련생들은 자연히 걱정이 될 수밖에 없었다.

'그럼 설마 이곳이 무공을 가르치는 곳이 아니라······.'

'마음에 안 드는 놈들 데려다가 기강을 잡는 곳인가?'

그러니까 교두랍시고 온 자가 초면에 힘자랑을 해서 분위기를 험악하게 만든 것일지도 몰랐다. 더구나 별호에 마(魔) 자가 들어가지 않는가!

어쨌거나 그것조차도 추측일 뿐이지 단정은 아니다.

확실한 것은 아무것도 없었다.

투사학예(偸師學藝) 11

도대체 여기가 무엇을 하는 곳인지, 아니 무엇을 하는 곳이 될 것인지.

수련생들은 추이를 지켜볼 수밖에 없었다.

호기심 반, 두려움 반으로.

*　　　*　　　*

본격적인 수업에 앞서 구이남이 앞으로 배울 무공을 시연해 보였다.

"대홍권은 빠르고 격렬하며 선 굵은 동작들로 이어져 있소. 대표적으로 굉수(轟手)와 포권붕추(炮拳崩捶)가 그러하오."

구이남은 깊이 숨을 들이마시며 양손을 허리 아래에서부터 가슴까지 끌어 올린 후 주먹을 쥐어 내렸다. 쿵! 진각을 밟으면서 마보에서 양 주먹을 허리께에 두고 좌(左)를 바라본다. 대홍권의 기수식이다.

이어 계속해서 움직이며 대홍권을 펼쳐 간다. 짧게 끊어 치는 권과 작은 원을 그리는 팔꿈치가 예리하게 허공을 가른다. 주먹을 칠 땐 소맷자락이 공기를 터뜨리며 펑펑 파열음을 내고, 손날은 칼로 가르듯 핑핑 날카로운 소리를 냈으며 발로 찰 때마다 진각이 울렸다.

하류 잡배들과 어울리긴 했어도 어쨌든 무관을 운영하던

실력이라 어지간한 수준은 되는 구이남이었다.

수십 년간 배우고 해 온 게 대홍권 하나다.

수련생들은 입을 꾹 다물고 있는 와중에도 속으로는 감탄했다.

그들의 입장에선 구이남도 고수다.

하지만 구이남이 시연하는 걸 보면서도 수련생들의 정신은 다른 데 팔려 있었다. 그들은 약속이나 한 듯 하나같이 '정말 우릴 가르치려고 그러나?' 하고 의문을 품었다.

구이남이 초식 하나하나를 설명하며 펼치는 걸 보면 무공을 가르치려고 하는 것 같기도 하다. 한데 보여 주기만 저렇게 하고 실제 수련은 거의 기합 수준으로 하는 게 아닌가 하는 의심도 든다.

좌우로 투로를 펼치던 구이남이 시연을 끝냈다.

잠깐 숨을 고른 뒤에 구이남은 하분동을 소개했다.

"다음은 용조수요."

순간 무림에 대해 견문이 좀 있는 수련생들 몇은 자신의 귀를 의심했다.

대홍권은 속가 제자들이 배우는 무공이라 돈만 내면 누구나 배울 수 있지만, 용조수는 그렇지 않다. 소림의 비전이라 외부로 유출되지 않는 무공이다.

특히나 용조수는 본래 용조공으로 응조공(鷹爪功), 호조공(虎爪功)과 더불어 소림의 삼대 조공으로 불렸다. 살상력이 너무 강한 탓에 근래에 와서는 상대를 제압하는 금나수의 형태로 발전하여 용조수라 불리기 시작했으나 여전히 절정의 무공 중 하나로 꼽혔다.

'그런 무공을 가르쳐 준다고?'

믿기 어려운 일이었다.

"흠흠."

시선이 쏠리자 민망한 듯 하분동이 헛기침을 했다.

"시작하겠소."

하분동은 무의식적으로 반장을 했다가 흠칫하여 다시 합장을 하고는 자세를 잡았다.

반룡추봉(蟠龍追鳳).

몸을 말아 감고 있는 용이 날아올라 봉황을 쫓는다는 뜻처럼 느릿하게 준비식을 취하던 하분동이 쾌속하게 팔을 뻗었다.

날렵하게 좌우로 걸음을 옮기며 팔을 이리 틀고 저리 틀어 뻗는다. 뻗고 움켜쥐고 다시 비튼다. 자유롭고 강맹한 봉황을 더 강한 힘으로 굴복시키는 용의 발톱이다.

소림의 무공답게 궤적은 공명정대하고 떳떳하다. 상대의 빈틈을 노리는 것이 아니라 정당한 힘으로 제압하려는 의지가 느껴진다.

간혹 하류 무공 중에는 바닥의 흙을 발로 차거나 바닥을 굴러 낭심을 움켜쥐는 동작들도 있곤 하지만, 하분동의 용조수에서는 그런 비겁한 점을 조금도 찾아볼 수 없다.

용반호거(龍盤虎踞)!

용이 서리고 호랑이가 웅크린 듯 웅장한 초식이다. 몸을 낮춘 하분동의 기세가 눈에 띄게 변하며 동작의 수가 눈에 띄게 줄어들었다.

파팍!

움직일 때마다 강렬한 바람에 옷소매가 펄럭였다. 구이남처럼 강렬한 파공음은 아니지만 박력은 몇 배나 강하다. 단단히 구부린 손가락은 무쇠라도 틀어쥘 수 있을 것 같았다. 볼 때마다 섬뜩한 느낌이 든다.

겉보기에 화려하고 진각 소리도 큰 구이남에 비해 조용했는데, 그럼에도 전혀 구이남의 밑이라는 생각이 들지 않았다.

잘 모르는 이들이 봐도 동작 하나하나에 깊이가 느껴졌다.

하분동의 시연을 보다 보니 수련생들은 살짝 긴가민가 싶어졌다.

'진짜 무공을 가르쳐 주려나?'

딱히 쓸모는 없어도 소림시의 고수에게 무공 한 수 배워 두는 게 나쁜 일은 아니잖은가. 하다못해 어디 술자리에 가서 안줏거리 삼아 자랑이라도 할 수 있는 일이다. 직무와 관련이 있는 일부 몇 명에게는 경력에도 도움이 될 테고.

시범을 마친 하분동이 물러났다.

수련생들은 은근히 기대를 했다.

이제 남은 건 교두인 장건이다. 장건은 첫 대변에서부터 깊이 박힌 말뚝을 대수롭지 않게 뽑아 와 실력을 입증했었다.

그가 보여 주는 시범은 어떠할 것인가!

구이남은 뭔가 망설이는 듯하다가 장건을 소개했다.

"마지막으로 여러분들이 배우게 될 건 그러니까…… 음, 나한보요."

나한보!

소림사에 정식으로 입문한 제자들이 배우는 유명한 보법!

수련생들의 기대감이 아까보다 배로 증폭되었다.

장건은 사람들의 시선이 집중되자 다소 멋쩍은 미소를 지었다.

별다른 준비 자세 없이 멀쩡하게 서 있다가 두어 번 호흡을 가다듬었다.

그러더니…….

스윽.

미끄러지듯 연단 위를 두 번 왔다 갔다 했다.

"……."

"……."

장건이 뒷머리를 긁적이며 말했다.

"나한보예요."

"……?"

"……?"

장건은 사람들이 계속 말없이 쳐다보자 더 보여 줘야 한다고 생각했는지 자리에 앉았다.

그러더니 정좌한 채 좌우로 다시 왔다 갔다 했다.

"익숙해지면 이렇게 앉은 채로도 할 수 있어요."

샤샤샥, 샤샤샤샥.

"……!"

"……!"

수련생들의 머리엔 죄다 똑같은 생각이 떠오르고 있었다.

**뭐지?**

방금 본 하분동이나 구이남의 시범과 괴리가 너무 컸다!

'저게 도대체 뭐냐?'

'내가 지금 뭘 본 거야?'

대단한 것 같으면서도 아닌 것 같은 게, 아무튼 뭔가 좀 이상했다!

잠시 동안 연무장에는 침묵이 흘렀다

하분동만 이렇게 될 줄 알았다는 듯이 평온한 태도였고 구이남은 잠시 고개를 돌리고 있었다. 그가 처음에 이걸 봤을 때 느꼈던 감정을 수련생들도 그대로 느끼고 있을 게 틀림없다!

하나 마냥 그러고 있을 수만도 없는 일. 어쩔 수 없이 구이남이 어색한 분위기를 수습하며 나섰다.

"아는 이도 있겠으나, 사실 용조수와 나한보는 우리 소림의 정식 제자가 아니면 사사할 수 없는 무공이오."

수련생들이 살짝 고개를 끄덕이며 구이남의 말을 들었다.

"하여 대홍권은 무관에서 가르치는 것과 동일하게 가르치되, 용조수와 나한보는 약간 다른 방법으로 가르치게 될 것이오."

수련생들은 다른 방법이란 말에 흠칫했다.

'역시 그냥 무술만 가르칠 게 아니었나?'

'혹시 가르친다는 명목으로 무지막지하게 괴롭히려는 건가?'

다르게 가르친다는 게 뭔지 묻고 싶은데 나섰다가는 괜히 눈에 띌까 봐 묻는 이도 없었다.

구이남의 입장에서는 누군가가 '다른 방법이 뭔데요?' 하고 물어 줘야 자연스럽게 얘기를 이어갈 수 있을 텐데, 죄다 꿀 먹은 벙어리처럼 입을 닫고 있으니 더 어색했다.

"음, 그러니까 그 다른 방법이란 게 뭐냐면……."
꿀꺽.
수련생들이 마른침을 삼켰다. 차마 직접 묻지는 못했지만 모두 강렬한 눈빛으로 구이남을 쳐다보면서 주먹을 불끈 쥐었다.
구이남은 수련생들의 부담스러운 눈길을 슬쩍 외면하며 말을 계속했다.
"강호에서는 그 방법을 일러 이렇게 부르오. 투사학예(偸師學藝)라고."
투사학예?
수련생들이 머뭇거리며 서로를 돌아보았다.
장건은 얼떨떨한 수련생들의 표정을 보면서 며칠 전의 일을 떠올렸다.

"투사학예요?"
장건이 되물었다.
원호가 고개를 끄덕였다.
"그래, 투사학예."
"그게 뭔데요?"
"어깨너머로 배우는 걸 말한단다. 직접 가르치는 게 아니라 이런저런 방법을 이용해서 간접적으로 가르친다는 뜻이지."

장건이 눈을 반짝 빛냈다.

"그럼 제가 생각한 대로 해도 된다는 말씀이신가요?"

"그러라고 말해준 게다."

장건은 합장을 하며 꾸벅 허리를 숙였다.

"헤헤, 고맙습니다!"

"쯧쯧. 사십 명을 가르쳐야 할 교두가 경박하게 굴면 쓰나. 아직 얘기가 안 끝났으니 좀 더 듣거라."

"예……."

"본래 무림 문파에서 무공을 가르친다는 건 문파의 전통을 계승한다는 의미와 같은 거란다. 짧게는 수십 년, 길게는 수백 년 동안 무공을 전승함으로써 문파의 정통을 지켜 나가는 것이지. 하여 선대로부터 물려받은 무공을 외부 사람에게 함부로 가르치는 일이 금지되어 있는 거다."

"그렇군요."

장건은 약간 시무룩하게 듣고 있다가 깜짝 놀라서 고개를 들었다.

"어? 그러면 저도 도독부 사람들한테 무공 가르치면 안 되는 거 아닌가요?"

"본래는 그렇지. 하나 사람 사는 세상에 예외란 게 없겠느냐. 어쩔 수 없는 경우에 한해서 배울 수 있는 기회를 주는 데 그게 투사학예이지. 바로 지금 같은 상황 말이다."

장건은 원호가 유독 '기회'라는 표현을 사용한 걸 놓치지 않았다.

"가르치는 게 아니라…… 기회를 준다는 말씀이네요."

"잘 알아들었구나. 투사학예를 하는 자는 무공의 구결을 전해서도 아니 되고 직접 지도해서도 안 된다. 일을 배우고자 하는 이가 이름난 장인의 밑에서 몇 년간 허드렛일을 하며 눈치껏 일을 배우는 것처럼, 그렇게 노력하는 자에게 기회를 줄 뿐이다. 그게 투사학예의 조건이다."

장건은 원호의 말을 몇 번 되새겼다. 하지만 투사학예가 그렇게 어렵게 들리진 않았다. 일단 장건은 무공의 구결을 모를뿐더러 원호에게 허락받은 용조수와 나한보의 전체 초식도 투로도 몰랐다.

그냥 자기가 배운 대로 가르치면 그뿐이라 오히려 마음이 편한 데가 있었다.

물론 원호도 그 사실을 알고 있으니 투사학예라는 방법을 권한 것일 터였다.

수련생들이 뭐라고 말도 못 하고 어리둥절해 있자 장건

이 말했다.

"너무 걱정하지 마세요. 배울 수 있느냐 없느냐는 여러분께 달려 있지만 그리 어렵지 않을 거예요."

아직까지는 분위기 파악이 잘 안 된 터라 수련생들은 묵묵히 쳐다보기만 하고 별다른 반응을 내보이진 않았다. 그저 조금 불안해하는 표정을 짓고 있을 뿐이었다.

곧 구이남이 일정을 진행하기 위해 단상 앞으로 나왔다.

"오전에는 기초 체력 단련을 하고 대홍권을 배울 것이오. 오늘은 첫날이고 하니 우선 가볍게 마보부터 해 봅시다."

모든 무공의 기본은 자세다. 그리고 자세를 지탱하는 힘은 하체에서 나온다. 어떤 무공이든 하체 단련은 필수로 꼽힌다. 그 말은 하체를 얼마나 단련했는지 확인해 보면 무공 수준을 알 수 있다는 뜻이기도 하다.

'어디 그럼.'

구이남은 이 기묘하고 어딘가 수상쩍어 보이는 구성원들을 시험해 보기로 했다.

"옆 사람과 양팔을 벌려 널찍하게 서도록 하고 발을 어깨너비로 벌려 서시오. 허리는 쭉 펴고 말을 타듯 무릎을 굽히시오. 양손은 주먹을 쥐어 허리에 두고. 자, 이렇게."

구이남이 먼저 마보를 서서 시범을 보였다.

수련생들은 구이남을 따라 엉거주춤 다리를 벌리고 마보

를 섰다.

"숨을 내쉬면서 손바닥을 펴서 앞으로 쭉 내밀고, 천천히…… 숨을 들이쉬면서 다시 원래 자세로. 너무 빠르게 하지 말고 천천히 하시오. 속으로 열을 셀 동안 밀고, 열을 셀 동안 당기고."

마보추장(馬步推掌)이었다.

언뜻 쉬워 보이지만 굉장한 근력과 지구력을 필요로 하는 동작이다. 보통 도장에 갓 입문한 초보들은 아무리 잘해도 채 스무 회를 넘기지 못한다.

만약 수련생들이 겉보기와 달리 정예라면 이 정도는 쉽게 해낼 수 있을 터다.

'아무리 못해도 열 번쯤은……'

구이남은 속으로 그러기를 바라며 수련생들의 자세를 교정해 주기 위해 단상을 내려갔다.

"하나, 쉬고. 둘, 밀고."

구호를 붙여 주며 막 단상을 내려선 순간.

구이남의 눈에 첫 번째 줄의 수련생이 다리를 떠는 모습이 보였다!

바르르르.

바싹 마른 수련생은 입으로 끊임없이 '후, 하, 후, 하.' 하고 가쁜 호흡을 하고 있었다.

구이남의 눈이 휘둥그레졌다.

'이제 겨우 세 번 했는데!'

구이남은 꾸물꾸물 피어나는 불안감이 현실로 다가오는 것을 느끼며 수련생들을 쭉 둘러보았다.

앞의 수련생뿐만이 아니었다. 점점 다리를 떠는 이들이 많아지고 있었다.

파르르 잘게 떠는 걸 넘어서서 아예 무릎을 달달거리기까지 한다.

허벅지의 근육은 다른 부위와 달리 하나의 통짜로 된 덩어리이기 때문에 피로감이 쉽게 오고 통증도 크다. 마보를 서면 그 허벅지의 근육으로만 버텨야 해서 보통 힘든 게 아니다.

일곱 번째에 이르렀을 때엔 반 이상이 이마에 땀이 가득했다. 옷이 흠뻑 젖은 수련생들도 있었다. 죄다 다리를 달달 떨고 있었다.

끙끙거리는 소리와 함께 연무장에 땀 냄새가 순식간에 훅 차올랐다.

"어어?"

결국 수련생 한 명이 심하게 무릎을 떨다가 기우뚱하더니 옆으로 자빠졌다. 가장 몸이 뚱뚱한 수련생이었다.

쿠당탕탕.

구이남이 대뜸 달려가 호통을 쳤다.

"당장 일어나지 못하겠소이까!"

"끄응, 죄, 죄송합니다."

수련생은 억지로 일어나려다가 다리가 풀려서 다시 주저앉았다.

"교, 교관님. 헉헉……. 다, 다리가……."

구이남은 질린 표정을 지었다.

"겨우 여덟 번 했소이다!"

"죄송합니다. 죄송합니다. 근데 십 년 동안 책상물림만 했는데 갑자기 이런 걸 어떻게 합니까? 헉헉."

"뭣이?"

구이남도 기가 막힌 게, 이 수련생뿐만이 아니었다.

여기저기서 주저앉고 난리가 났다.

"아이고!"

"다리에 쥐났나 봐!"

비명과 아우성이 들려왔다.

제대로 서 있는 사람은 겨우 열 명 정도에 불과했고, 그나마도 억지로 기력을 쥐어짜 내며 서 있는 게 고작인 상태였다. 그래도 나름대로는 눈치를 보아 가며 할 수 있는 만큼 버틴 건데도 그랬다.

구이남은 불길한 생각이 맞은 것 같아서 섬뜩해졌다.

'뭐가 어떻게 된 거야?'

대체 어떤 사정으로 이런 이들이 무공을 배우겠다고 와 있는 것일까?

정예를 데려와도 모자랄 마당에 평균 이하의 체력들이라니.

죄다 끙끙대고 있으니 수업을 더 진행하기도 힘들고 답답하기만 하다.

구이남이 수련생들에게 다가가 물었다.

"여기 온 사람 대부분은 군사훈련 정도는 받은 이들이 아닌가?"

수련생들은 기운 없이 늘어진 채 헉헉거리면서 멀뚱하게 구이남을 쳐다보았다. 구이남이 다시 말했다.

"훈련을 받은 사람, 손들어 보시게."

기본 훈련은 관병이 되면서 대부분 최소 두어 달은 받기 마련이다. 현장에서 일하는 관병이라면 매일 일정량의 훈련을 한다. 그러니 구이남의 생각에 무공을 배우러 올 정도면 다들 손을 들었어야 옳았다.

하지만 이십 명 정도만이 손을 들었다. 그중에서 나이 든 중장년의 수련생이 되물었다.

"전 이십 년 전 임관(任官) 때 기초 훈련 받은 게 마지막인데, 그래도 손들어야 합니까?"

이십 년 전이라니!

구이남은 당황했지만 그래도 손을 들라고 했다. 그러자 십여 명 정도가 더 손을 들었다.

구이남이 손을 들지 않은 다른 수련생들을 보고 물었다.

"자네들은 왜 손을 들지 않는 것인가? 적어도 한 번은 받았을 거 아닌가?"

손을 들지 않은 수련생들이 대답했다.

"저는 관병이 되자마자 여기 와서 훈련이 뭔지도 모르는데요."

"전 사무직이라……."

구이남이 멍해진 얼굴로 다시 물었다.

"그럼 무공을 배워 본 사람은? 그냥 저잣거리에서 배웠더라도 무공을 접해 본 사람은?"

네 명이 손을 들었다. 그나마 가장 멀쩡하게 있는 이들이다.

"혹시 내공심법을 익히고 있는 사람은?"

"……."

아무도 손을 들지 않았다.

'뭐 이런!'

구이남은 막막함을 느꼈다.

주변에 보는 사람들만 없었어도 머리를 싸매 쥐고 싶은 심정이었다. 관부의 일이 아니었다면 달아났을지도 모른다.

'망했어!'

구이남은 속으로 절규했다.

'나 같은 놈한테 중군도독부의 교관을 시켜준다고 할 때

투사학예(偸師學藝) 27

부터 의심을 했어야 했는데!'

가르치는 교두만 이상한 게 아니라 배우는 수련생들마저 이상하나.

이를 두고 총체적 난국이라 하는 것일까?

우연찮게 찾아온 중군도독부 교관 자리였다. 어딜 가도 대접받을 수 있는 경력이다.

그 꿈이 이렇게 무너지는 것인가?

그런 구이남의 마음을 아는지 하분동이 혼잣말을 했다.

"대체 이런 작자들을 모아 놓고 왜 무공을 가르치라 하는지 모르겠군."

장건이 말했다.

"제 생각엔 다들 잘 배우실 수 있을 것 같은데요."

"그래?"

"못하니까 배우러 오신 거죠. 잘하면 배우러 오실 필요가 없잖아요."

장건의 말만 들으면 맞는 말인 것 같지만 사실은 그렇지 않다.

구이남은 말해 주고 싶었다.

'다른 데도 아니고 명색이 중군도독부의 무공 수련이라고! 못하면 이상한 게 맞는 거라고!'

구이남이 체념한 투로 말했다.

"오늘은 첫날이기도 하고 남은 일정을 소화하기도 힘들

것 같으니 이만 하는 게……."

하분동이 바로 말을 잘랐다.

"무슨 소린가? 선의로 하는 행동도 아니고 녹봉을 받는 나랏일일세. 당연히 할당된 시간을 책임져야 하는 것이네."

역시나 깐깐한 하분동이다.

장건은 약간 들뜬 어조로 말했다.

"그럼 잠시 쉬었다가 용조수 수업을 할까요? 그러면 그렇게 힘드시진 않을 거예요."

구이남은 불현듯 떠올렸다.

지난번 장건이 투사학예로 용조수와 나한보를 시범 보였던 때를.

'아……!'

둘을 겹쳐 보니 묘하게 수긍이 되었다.

제대로 된 무공을 배우기 어려운 수련생들과 희한한 투사학예를 행하는 교두.

따로따로 보면 둘 다 이상한데, 같이 놓고 보면 기이하게 어울리는 조합이었다.

그게 수긍된다는 것 자체가 어찌 보면 더 이상한 일이긴 하지만.

\*　　\*　　\*

잠깐의 휴식 후에 다시 수업이 시작되었다.

연무장 몇 바퀴 뛰고 가볍게 몸풀기를 하는 동안 대부분의 수련생들은 더 녹초가 된 것처럼 보였다.

그리고 나서 투사학예로 가르치기로 한 용조수의 수업을 한다는 게 전해지자 긴장한 기색들이 역력하다.

투사학예는 여러 방법으로 가능하다. 일반적으로 가장 많이 사용되는 방법은 비무를 관전하게 하거나, 혹은 전혀 관계가 없는 일을 시킴으로써 묘리가 몸에 배도록 하는 것들이었다. 직접적으로 구결을 전수하는 것만 아니면 방법상으로는 거의 제한이 없다고 봐도 무방하다.

하지만 장건은 머리 아프게 방법을 고르거나 할 필요가 없었다.

그냥 배운 대로 할 뿐이다.

모두의 관심 속에서 장건이 단상에 올랐다.

"그럼 지금부터 용조수를 배울 건데요. 기초부터 시작할 거예요. 우선 어떻게 하는지 보여드릴게요."

펄럭.

장건은 단상 바닥에 돗자리를 깔더니 그 위에서 자신의 몸을 가릴 만한 큰 천을 들었다.

수련생들이 수군거렸다.

"저게 뭐지?"

"글쎄, 비단은 아니고?"
누군가가 중얼거렸다.
"이불……인가?"
"어? 그러네. 행봉피자(紉縫被子)야."
"행봉피자?"
수련생들이 '뭔가 특수한 건가?' 싶어서 방금 말한 수련생을 일제히 쳐다보았다.
행봉피자라고 말한 수련생이 당황해서 말했다.
"아니, 이불이오, 그냥 이불. 굳이 말하자면 누비이불인데…… 내가 관아의 비품 담당이어서 습관적으로 그렇게 부른 거요. 장부에 적을 때는 원래 좀 어려운 말로 적기 때문에……."
"……그렇구려."
어쨌거나 뜬금없이 이불이 등장할 거라고는 전혀 생각하지 못했기 때문에 수련생들은 대부분 어안이 벙벙한 얼굴이었다.
장건이 이불을 쭉 펼쳐서 바닥에 놓으며 말했다.
"자아, 잘 보세요."
그러더니 바닥에 이불이 펼쳐지자마자 다시 들어 올린다.
펼쳐졌던 사각 이불이 어느새 반듯하게 사분지 일 크기로 접혀 있었다. 모서리가 어찌나 정확하게 맞아 있는지 본래 한 장인 것처럼 보였다.

장건이 두 번으로 접은 이불을 내보이며 말했다.

"쉽죠?"

"……."

"……?"

수련생들은 그냥 멀뚱하게 쳐다볼 수밖에 없었다.

'뭘 한 거야?'

잠깐의 침묵이 지나간 후에 도저히 못 참겠는지 수련생 한 명이 용기를 내어 물었다.

"혹시 그게……."

"네. 용조수예요. 기초 수련이지만 이걸 통달하시면 용조수를 다 배우신 거나 다름이 없어요."

장건의 밝은 미소와 달리 수련생들의 얼굴에는 그늘이 졌다.

**아까 본 거랑 많이 다른데?**

머릿속에선 조금 전 하분동이 시범을 보였던 박력 있는 용조수가 떠오른다.

그런데 현실은 이불 접기.

아무리 투사학예라도 그렇지, 좀 과하잖은가!

장건의 이불 접는 실력은 과거에 비해 더 발전했다. 손이 보이지도 않은 건 둘째 치고 이불을 접는 동안 전혀 소리가 나지 않았던 것이다.

하나 그걸 알아볼 만한 수련생들은 없었다…….

하분동이 요청했다.

"한 번 더 보여 주시는 게 좋겠소이다. 가능하면 천천히."

"아, 제가 너무 빨리 했나 봐요. 그럼 좀 천천히 할게요."

장건은 다시 이불을 펼쳤다.

펼친 채로 신중하게 바닥에 완전히 내려 두었다. 그러고는 매우 진지한 얼굴로 이불의 양 끝을 잡고 들었다.

이번엔 하분동의 말처럼 아주 천천히 들어 올렸다.

그 외에 딱히 별다른 움직임은 보이지도 않았는데, 다 들어 올리니 이불이 반의반으로 접혀 있었다. 여전히 모서리 끝도 희한하리만치 딱 맞아 떨어져 있다.

신기했다.

그런데 '우와! 정말 신기해요!' 하고 기뻐할 생각이 들지 않는다.

수련생들의 표정은 점점 더 안 좋아지기 시삭했나.

뭔가 신기하긴 한데 그게 다였다.

좀 느리게 들어 올린 것 말고는 아무것도 달라진 점이 없지 않은가!

물론 따라 하려 하면 쉽지 않다는 건 안다.

하나 그걸로 뭘 어쩌라는 건가?

장건이 말했다.

"궁금한 거 있으시면 질문하셔도 돼요."

서로 눈치를 보다가 수련생 한 명이 손을 들고 물었다.

"저기, 이걸 잘해야 아까 그 교관님이 보여 주신 용조수를 배울 수 있게 되는 겁니까?"

장건은 아무렇지 않게 대답했다.

"아뇨."

"네? 그, 그럼……."

"좀 익숙해지시면 응용법으로 빨래와 풀 뽑기와 밧줄 꼬기 같은 걸 가르쳐 드릴까 해요."

"그것까지 끝나면……."

장건이 밝게 대답했다.

"그게 끝이에요."

수련생들이 흠칫했다.

"아까 교관님의 시범 같은 건 따로 안 배우는 건가요?"

"투사학예로 제가 알려드릴 수 있는 건 거기까지예요. 하지만 응용법까지 마치시면 그걸 굳이 배우실 필요가 없어요."

수련생들은 자기도 모르게 '우린 그걸 배우고 싶은데요?'라고 외칠 뻔했다.

왜! 왜 그걸 안 가르쳐 주는데!

도대체 이게 뭐하자는 거야!

하지만 장건은 수련생들이 보여 주는 절망적인 표정의 의미를 깨닫지 못하고 여전히 해맑은 얼굴이었다.

"질문 더 없으시면 수업 계속할게요."

하여, 졸지에 수련생 사십 명은 뙤약볕 아래에서 이불을 접게 되었다.

\*   \*   \*

펄럭펄럭.

여기저기서 이불을 펼치는 소리만 울리고 있었다.

펼치고 접고.

펼치고 또 접고.

어떤 면에서 힘든 수련이 아닌 건 다행이었지만, 다른 한편으로는 '우리가 지금 뭘 하고 있는 건가.' 하는 자괴감이 드는 것도 사실이었다.

직접 동작을 봐줄 수 없기 때문에 중간중간 장건이 이불 접는 시범을 다시 보여 주곤 했다.

"빳빳하게 펴졌을 때 집으세요. 그래야 수월하게 접으실 수 있어요."

진지한 표정으로 장건이 조언하지만 수련생들은 쉽게 받

아들일 수가 없다.

한 손으로 이불 끝을 잡아 고정한 채 남은 한 손으로 접고 치고 집고 하는 게 말처럼 쉽지가 않았다.

"교두님이 시범을 좀 잘 보여 주시면……."

장건이 몇 번이나 시범을 보여 주었지만, 보여 줬다고 해 봐야 뭐 본 게 없다. 이미 장건은 이불 접기의 절대 경지에 올랐다. 내공을 하나도 쓰지 않고 그냥 집는 것만으로도 따박따박 이불을 갤 수 있다.

하다못해 용조수로 이불 접기의 원조 격인 하분동처럼 이불의 주름을 펴기 위해 탁탁 치는 동작도 하지 않는다. 그런 과정이 불필요한 경지다.

그것은 마치 검성에게 '사과를 보통 사람처럼 깎아 보시오.'라고 하는 것과 비슷하다. 오히려 더 잘 깎으라고 하면 모를까, 보는 사람을 배려하여 수준을 낮춘 시범 따윈 애초에 불가능한 것이다.

결국 하분동이 부끄러움을 무릅쓰고 이불 개기를 시범 보일 수밖에 없었다. 장건이 '접기'라면 하분동은 그나마 '개기'에 가까웠다. 하분동조차 장건처럼 한 번에 접기는 거의 불가능에 가까웠던 것이다.

그렇게 수련생들은 묵묵히 이불 개는 연습을 했다…….

몇 번 하다 보니 남 보기엔 좀 그래도 손놀림을 빠르게 훈련하는 데는 좋은 수련법인 것 같긴 했다.

하지만 문제는 수련법이 아니었다.

대부분이 의문을 가지는 건 이 수련의 의미이다. 이불을 잘 접게 되면 제대로 된 용조수를 가르쳐 준다거나 해야 마음먹고 할 게 아닌가.

이불 접고 풀 뽑고 그게 끝이라니? 그걸로 뭐가 된다는 것인지 알 수가 없으니 의욕이 생기질 않는다. 물론 제대로 된 무공을 가르쳐 줘도 자신들이 배울 수 없다는 건 생각하지도 않는 수련생들이었다.

일부 수련생들은 약간의 불만을 드러내기도 했다. '이불 따위 열심히 접어서 고수가 되면 집안일 삼십 년 한 우리 마누라는 벌써 고수게?' 하고 몰래 중얼거리는 수련생도 있었다.

아까 하분동이 보인 멋진 용조수만이 자꾸만 머리에 그려질 뿐, 정작 하는 건 이불 개기이니 자꾸 괴리감만 든다.

기실 지금의 수련은 장건이 원하는 '상해 없는 상대 제압'이란 최종 목적에 근접해 있다. 하지만 수련생들이 그런 사실을 알 리가 없었다.

얼마 지나지 않아 수련생들 대부분이 슬슬 눈치만 보며 대충 흉내만 내기 시작했다.

눈치 빠른 구이남은 이대로 수련이 계속되면 안 된다는 걸 깨달았다. 수련생들이 의욕을 보이지 않고 있었다.

구이남이 장건에게 가 정중하게 말했다.

"대형, 아무래도 수련생들은 이 수련의 효용이 무엇인지 궁금해하는 것 같습니다."

"네? 그래요?"

"일반인들이야 대형의 시범에 담긴 오의를 알 수가 없지 않겠습니까."

구이남이 무슨 얘기를 하는지 이해한 하분동이 말했다.

"수련생 중의 한 명을 나오라 해서 직접 대련을 해 보면 될 거네."

"아! 그러면 되겠군요!"

직접 대련을 한다는 얘기가 나오니 수련생들이 지겨운 이불 접기를 멈추곤 장건을 쳐다보았다.

장건이 수련생들을 향해 말했다.

"이걸 배우면 나중에 어떻게 쓸 수 있는지 보여드릴게요. 한 분만 나와 주시겠어요?"

수련생들이 머뭇거렸다. 보통 사람이라면 괜히 다칠까 봐 나서지 않는 게 당연하다.

한 명이 물었다.

"뭘 하면 됩니까?"

"그냥 절 공격하시면 돼요. 그럼 제가 용조수로 받아 내는 걸 보여드릴게요."

천진난만하게 대답하는 장건의 모습이 왠지 으스스하게 느껴진 수련생들이었다.

"그러다가 팔을 뽑힌다거나……."

"그런 일은 전혀 없어요. 이건 상대를 다치지 않게 하는 방법인걸요."

수련생들은 긴가민가하며 서로를 마주 보기만 할 뿐 선뜻 나서지 못했다.

재수 없어 팔이 부러지거나 병신이 되면 자기만 손해다.

하나 어떤 상황에서도 만용을 부리는 자는 있기 마련이다. 눈으로 보고도 꼭 자기가 확인하지 않으면 믿지 못하는 부류다.

중년의 털보 남자가 걸어 나왔다. 장건이 그렇게 대단하다면 뭐하러 이런 곳에 와서 교두 노릇을 하냐며 의심했던 이였다.

"에잇, 까짓것 내가 해 보겠수다!"

"아, 그러시겠어요? 절 치거나 건드리거나 아니면 잡아 보세요. 전 움직이지 않고 있을게요."

털보는 허리에 매고 있던 줄을 쭉 뽑아 들었다. 그러더니 양손에 말아 쥐고 당기면서 팡팡 소리를 냈다.

"이래 봬도 내가 포쾌 중에서 주권투(做圈套)를 하던 놈이오. 칼 든 놈, 창 든 놈, 석회를 뿌리는 놈 모두 이 오랏줄 하나로 다 엮어 버렸지."

수련생들이 살짝 웅성거렸다. 주권투는 올가미를 만들거니 만들어 씌운다는 뜻으로 포박을 전문으로 하는 포쾌들

투사학예(偸師學藝) 39

이 쓰는 말이다. 특히 홍등가처럼 잦은 싸움이 일어나는 곳에서 빠르고 강력하게 상대를 제압하기 위해 사용하는 수법이었다.

장건이 마주 섰다. 거친 곳에서 일하는 만큼 털복숭이 남자의 체격은 보통 사람보다도 더 큰 편이다. 장건이 앞에 서 있으니 장건은 평소보다도 더 왜소하게 보였다.

'분명히 무슨 수작이 있었을 거야. 이런 꼬마가 무슨 수로 땅에 박힌 말뚝을 뽑았겠어? 니이미, 가르치는 것도 어딘가 수상하고!'

털보는 재빨리 장건의 전신을 훑었다. 주권투를 오랫동안 해 온 탓에 눈썰미가 있어서 금세 장건이 무방비 상태라는 걸 알아챘다. 허점투성이라고 해도 무방할 지경이다. 더욱더 장건이 고수라는 걸 믿을 수가 없어졌다.

하지만 방심은 하지 않았다.

"에잇!"

한마디 말이 오가기도 전에 털보가 달려들면서 기습적으로 팔을 쭉 뻗었다. 아니, 팔을 뻗는 척하면서 짧게 휘둘렀다. 줄이 풀려나가며 채찍처럼 날카롭게 장건의 뺨을 후려친다. 그러면서 오른손으로는 손가락을 구부려 장건의 팔을 낚아챌 준비를 했다.

얼굴을 치면 피하든가 막으려 할 것이고, 그때 팔을 붙든다. 후려치는 줄은 사실 이미 끝에 매듭을 지어 두었기 때문에 치는 척하면서 한 바퀴 둘러 감는 걸로 올가미가 완성된다. 그저 휘둘러서 당기는 것만으로 목이나 어깨와 팔을 동시에 조여서 묶을 수 있다.

생긴 것과 다른 날렵한 포박술이다. 그러나 장건은 전혀 동요하지 않고 그 사이로 양손을 내밀었다.

'휘적!' 하고 젓듯이 팔을 움직였다.

그 순간 털보가 휘두르던 줄이 감쪽같이 사라졌다. 허공에서 날아가다가 사라진 것이다.

뿐만 아니라 털보의 왼쪽 팔까지 함께 사라졌다!

"응?"

"헉?"

뒤에서 지켜보던 수련생들은 깜짝 놀랐다. 사람이 막 팔을 휘두르고 있었는데 그 팔이 날아가던 줄과 함께 갑자기 사라지니 소름이 끼칠 수밖에!

장건을 공격하던 털보도 크게 놀랐다. 털보는 놀라서 오른손으로 장건의 어깨를 움켜쥐려 했다. 그러나 바로 손만 뻗으면 닿을 거리에 있는 장건의 어깨를 움켜쥐어 가던 자신의 오른손도 허공에서 날아가던 중에 사라졌다.

왼팔과 오른팔이 둘 다 허공에서 없어졌다.

이 순간 털보와 수련생들은 사람의 팔보다 훨씬 단단할 게 틀림없는 커다란 말뚝을 아무렇지 않게 쑥 뽑아 온 장건의 모습을 떠올릴 수밖에 없었다.

투사학예(偸師學藝) 41

"내, 내 팔!"

털보가 비명을 지르면서 뒤로 돌아섰다.

"으아악, 내 팔! 감각이 없어!"

다른 수련생들이 함께 비명을 질렀다.

"으아악! 팔이, 팔이!"

"으아아악!"

털보의 비명이 더 가련하게 울려 퍼졌다.

그러나 곧 수련생들은 비명을 그쳤다.

수련생들이 털보에게 손가락질을 하며 말했다.

"팔 거기 있는데?"

"……어?"

장건을 공격했던 털보는 이상한 생각이 들어 고개를 내려 가슴을 보았다. 기세등등하게 휘두르고 있던 자신의 팔은 교차된 채로 고스란히 가슴 위에 얹혀 있었다. 그 모습이 못내 조신하기 그지없었다.

조심스럽게 손가락을 움직여 보니 꼼지락꼼지락 잘 움직인다.

부러지거나 꺾이지 않았다. 그저 강북에서 자주 먹는다는 명물 요리, 하얀 쌀밥 위에 감자채를 소담스럽게 올린 감자채덮밥[土豆絲盖飯]처럼 가슴 위에 양손이 소복하게 얹어졌을 뿐…….

심지어는 장건을 향해 날리던 줄마저 착착 접혀서 손에

쥐어져 있었는데, 도대체 어쩌다가 그렇게 된 건지 연유를 알 수가 없었다.

수련생들은 차마 뭐라고 표현하기 어려운 감정에 휩싸였다.

'이불 접기를 잘하면 팔도 잘 접을 수 있는 거였어?'

'근데 왜 저렇게 수줍게 접어 놨냐?'

수련생들은 분명히 말할 수 있었는데, 털보의 팔은 꺾이지 않고 접혀 있었다. 그 말 외에는 어울리지 않았다.

수련생들이 털보를 보고 조심스럽게 물었다.

"자네, 팔 괜찮아?"

가슴에 손을 모으고 있던 수련생이 천천히 팔을 풀어 휘휘 저어 보았다.

"괜찮은 것 같아……."

"안 아파?"

"하나도 안 아프긴 한데."

털보는 몇 번을 더 움직여 보았다. 멀쩡하다. 다친 데는 아무 데도 없다.

털보와 수련생들은 얼떨떨한 얼굴로 장건을 쳐다보았.

장건은 그 어색함을 아는지 모르는지 쾌활하게 말했다.

"보셨죠? 다 배우시면, 이렇게 상대를 다치지 않게 물러서도록 할 수 있어요. 다른 분 더 해 보시겠어요?"

"……."

실력만 보자면 대단한 건 확실하다.

그런데 대단하면서도 여전히 뭔가 이상한 것 같다는 생각에는 변함이 없었다.

수련생들은 생각할수록 더욱 떨떠름해져 서로를 마주 보았다.

"자, 더 하실 분 없으시면 계속 수업을 진행할까요?"

장건은 스스로도 잘 해냈다는 생각이 들어 싱글벙글 미소를 지었다.

본래 용조수의 팔 접기 수법은 태극경과 유원반배의 묘리가 함께 적용돼야 완벽한데 굳이 용조수로만 한다고 나름대로 신경을 많이 썼던 것이다.

\* \* \*

점심시간이 되었다.

말단 관리인 총무원의 노집사(老執事)는 난감한 얼굴을 하고 있었다.

"이거 이대로 가져가면 교두가 아니라 내가 욕을 먹을 거 같은데."

원래는 식사를 위해 숙수를 고용해서 썼다. 그런데 무공 교두라는 소년이 수련에 필요한 준비 품목을 알려주면서, 점심도 수련의 일환이라며 '식사는 이렇게 해 주세요.' 하고 요청한 게 있었다.

내가공부를 하는 무림인과 달리 일반인들은 제대로 먹어야 힘을 쓰기 마련이다. 도독부가 주관하는 무술 수련쯤 되면 푸짐하게 고기도 나오고 그래야 하는 것이다.

그러나 지금 집사의 손에 들린 것을 보면······.

"이건 뭐······. 에라, 나도 모르겠다!"

집사는 점심 배급을 위해 나무통을 양쪽에 들고 연무장으로 나갔다.

물에 불린 생쌀과 생나물.

주린 배를 움켜쥐고 점심시간만을 기다리고 있던 수련생들에겐 청천벽력과도 같은 일이었다.

한 시진을 넘게 주구장창 펄럭대며 이불을 접게 만들어 놓고 밥은 풀떼기를 줘?

'설마하니, 매일 이러는 건 아니겠지? 오늘 한 번뿐이겠지?'

'이럴 줄 알았으면 아침이나 든든하게 먹을걸.'

수련생들이 허기에 지친 간절한 눈빛으로 장건을 쳐다보았다.

그들의 마음이라도 읽은 것처럼 장건이 말했다.

"앞으로는 매일 이렇게 드시는 게 좋을 것 같아요. 이것도 수련의 일환이거든요."

수련생들은 입을 쩍 벌렸다.

절망이 연무장을 휩쓸고 지나갔다.

구이남이 장건에게 다가가 귀엣말을 했다.

"미리 말씀드렸지만 세끼를 저리 먹는 건 무리입니다. 아마 대형께서 퇴근하시고 나면 몰래 다른 걸 먹든가 할 겁니다."

"괜찮아요. 저도 그랬는걸요."

"예?"

구이남은 장건이 '저도 그랬어요.'라고 한 말의 의미를 이해하지 못했다.

"여긴 너무 외진 곳이라 가장 가까운 마을로 가더라도 일반인들의 걸음으로는 족히 반 시진을 가야 합니다."

"그것도 수련이에요."

장건이 옛날 생각을 하며 빙긋 웃었다. 옷이 해질까 봐 조심조심하면서도 온 산을 빨빨거리고 돌아다니며 식량을 공수했던 옛날 일이 떠올라서였다.

물론 수련생들이 보기엔 장건의 미소는 그저 사악한 웃음일 뿐이었겠지만.

## 제2장

저마다의 속셈

 점심시간이 끝나고, 연무장에서는 매우 느릿느릿한 자세로 수련생들이 팔을 휘젓고 있었다.
 다름 아닌 건신동공이었다.
 동작 자체는 단순한데 너무 천천히 움직이기 때문에 결코 쉽지 않았다. 특히나 점심을 거의 굶은 거나 다름없는 수련생들에게는 벌을 서는 것과 비슷했다. 그들에겐 팔을 천천히 움직이는 동작이 그냥 팔을 덜덜 떨면서 억지로 들고 있는 것과 마찬가지였다. 누가 물어보면 수련이 아니라 가혹 행위를 당하고 있다고 말할 게 분명했다.
 게다가 애초에 건신동공 자체가 계속 마보를 유지해야 하기 때문에 이찌 보면 아까 마보추장의 연장선이나 마찬가지였다. 덕분에 수련생들은 아주 죽어날 지경이었다.

수련생들의 고난을 아는지 모르는지 장건이 다니면서 수련생들을 독려했다.

"그냥 편한 대로 막 하시면 안 되구요, 몸이 어떻게 움직이는지 '관조'하면서 하셔야 돼요. 천천히 움직이면서 잘 살펴보세요."

배가 고파 죽을 지경인 수련생들이 볼멘소리로 대꾸했다.

"아무것도 안 보이는데 뭘 자꾸 보라고 하시는 건지 모르겠습니다."

장건이 짐짓 뒷짐을 지고 말했다.

"눈으로 보는 게 아니고 마음으로 보셔야 하는 거예요."

수련생들은 당연히 불만스러운 얼굴로 되물었다.

"사람이 마음으로 어떻게 봅니까?"

"볼 수 있어요. 저도 누가 그렇게 말씀하셔서 처음엔 거짓말인 줄 알았는데 정말 그렇게 되더라고요."

"말만 마음으로 보는 게 아니라 진짜 마음으로 본다고요?"

"네."

수련생들의 얼굴이 일그러졌다.

지금이야 어쩔 수 없이 그런가 보다 했지만 속으로는 '어떤 새끼가 그런 말도 안 되는 소리를 하고 다녀서 사람을 괴롭히는 거야?' 하고 욕을 퍼부었다.

단상에서 수업을 지켜보고 있던 하분동은 갑자기 귀가 간지러웠다.

"음?"

구이남이 하분동을 쳐다보았다.

"무슨 일이십니까?"

"아닐세."

마음으로 본다.

그건 하분동이 오래전에 장건에게 했던 얘기였다.

어떻게 보면 장건은 문원에게 들은 조언을 충실하게 실행으로 옮기는 중이었다. 배운 그대로 남들에게도 가르친다. 다소 과할지라도 배운 게 그것이니 그리할 수밖에 없다.

하지만 지금 이런 것들이 장건이 아닌 다른 사람들에게 얼마나 효과가 있을지 의문이 드는 것도 사실이다. 하다못해 건신동공만 해도 동작은 중요한 게 아니다. 역근경이 반드시 동반되어야 쓸모 있는 수련이 된다.

그런 면에서 하분동은 장건의 투사학예가 무공 수련 쪽으로는 거의 도움이 되지 않을 거라고 생각했다. 실사 도움이 된다고 해도 그게 큰 영향을 주지는 못할 거라고 판단했다.

하나 역설적이게도 소립이나 곽부나 장건이 너무 잘하기

를 바라지는 않고 있다는 점에선 잘된 일이었다.

소림은 장건이 너무 잘 가르쳐서 괜히 자파와 타 문파의 절기까지 전수하게 되는 일이 없기를 바랐고, 관부와 북해에선 장건이 튀는 일 없이 조용히 묻히기를 바랐으니까.

그러나 그건 어디까지나 겉으로 드러난 바람이었을 뿐인데…….

\* \* \*

"투사학예를 허락하셨다고요?"

"그랬다네."

일말의 죄책감도 없이 쉽게 대꾸하는 원호였다.

백의전주 원강은 원호를 황망한 눈빛으로 바라보았다.

"원래 건이가 충무원이란 곳으로 가기 전에 원우 사제를 비롯해서 많은 사람들을 만나 조언을 구했단 말일세. 어떤 것을 어떻게 가르쳐야 합니까, 하고. 그건 알고 있지?"

"예."

"그래서 난 차라리 무관을 경영한다는 속가 제자에게 다 맡기라고 했다네. 그가 일정을 짜면 훨씬 안정적일 테니 말일세. 한데 건이가 고집을 피우더군."

"뭐라고 합니까?"

"자기가 맡은 일이니 자기가 하는 게 옳고, 또 한참 생각해 봤는데 사람을 다치게 하는 무공은 가능한 알려주고 싶지 않다고 말일세. 하여 하다못해 대홍권만이라도 속가 제자 쪽에 맡겨서 가르치라 했지. 어찌 되었든 제대로 된 무공을 가르치긴 해야 할 테니까."

원강은 한숨을 내쉬었다.

"그 아이라면 그럴 만하군요. 하지만 그렇다고 해서 투사학예를 허락하신 행동이 타당해지는 건 아닙니다."

"자네도 알다시피 건이는 정식 절차를 밟아 무공을 배우지 않았네. 나는 그 아이 역시 투사학예를 통해 무공을 배운 게 아닌가 짐작하고 있긴 하네만……. 어쨌든 정식 속가 제자가 된 후에도 제대로 된 교육을 받지 못했단 말일세. 그런 아이가 어떻게 남을 가르칠 수 있겠는가."

"그건 이해합니다. 원우 사제에게 들었더니 금강권 일초조차 제대로 보일 수준이 아니라고 하더군요. 그러나 제가 우려하는 건 그게 아닙니다."

원강이 수염을 쓰다듬으며 마음을 가다듬고 말했다.

"그 아이가 익힌 건 본사의 상승무공이고 강호에서 내로라하는 절기들입니다."

"용조수와 나한보를 허락했네."

"그 아이는 자기가 뭘 배웠고 그게 어떤 무공인지 제대로 구분하지도 못하잖습니까. 용조수와 나한보라고 제대로 하겠습니까?"

저마다의 속셈 53

원강이 걱정스러운 얼굴로 말을 덧붙였다.

"그 아이가 어떤 식으로 투사학예를 할지는 모르지만 한 가지 무공을 정해 놓고 가르치는 게 아니라면, 몸에 밴 다른 무리(武理)가 드러나게 됩니다. 말이 용조수와 나한보지, 실제로 투사학예를 하다 보면 스스로 익히고 있는 온갖 무공들을 다……."

말을 하던 원강이 갑자기 무슨 생각이 들었는지 눈을 치켜떴다.

"잠깐만요!"

원강이 놀라 외쳤다.

"건이는 본사의 무공만 익히고 있는 게 아니잖습니까!"

원강은 눈을 휘둥그레 뜨고 원호를 쳐다보았다. 한데 원호는 미리 알고 있었다는 듯 아무렇지 않게 고개를 끄덕였다.

"그랬지."

원강은 기가 막혀서 입을 쩍 벌렸다.

"그리 태연하실 때가 아니지요! 제아무리 예외적인 경우를 인정하는 투사학예라 하더라도 그게 자파의 무공일 때 얘기지, 어찌 보면 홍오 사백조께서 건이에게 그런 일을 했기에 이 난리가 난 것 아닙니까! 그런데 지금 그걸 똑같이 반복하시겠다고요?"

원호가 진정하라는 듯 염주를 굴리며 짧게 손을 들었다.

"투사학예로 무공을 배운다는 게 그리 녹록한 일이 아닐세."

상승무공일수록 심법의 운용이 중요하다. 어깨너머로 배우는 수준으로는 상승무공을 배우지 못한다는 게 일반적인 상리(常理)다.

"알고 있습니다. 저도 물론 그런 일이 거의 일어나지도 않을 거라고 봅니다. 그런데 그게 문제가 아니잖습니까. 다른 문파에서 알면 도대체 뭐라고 하겠습니까? 이건 실제로 그 일이 일어나느냐 마느냐가 아니라 명분의 문제입니다!"

"다른 문파에서 알면 난리가 나겠지. 자파의 무공을 남이 가르치고 있는 꼴이 되는 건데."

"그걸 아시는 분이 그러셨습니까?"

원강은 머리를 감싸 쥐었다.

"당장에야 외진 곳에 있기도 하니 괜찮을지 몰라도 강호에서 영원한 비밀은 없는 법입니다. 뒤늦게라도 이 사실이 알려지게 되면 정말……."

원강은 더 항의를 하려다가 흠칫했다.

원호가 이 말도 안 되는 상황에서 슬쩍 미소를 짓고 있었던 것이다!

"뒤늦게 알려지면 안 되지."

"네?"

"그래서 더 빨리 알려지라고 아예 친절히게 서신에 적어

저마다의 속셈 55

서 알려 줬다네."

원강은 머리를 한 대 맞은 것 같았다.

"지, 지금 뭐, 뭐라고 하셨습니까?"

"건이가 중군도독부의 초청을 받아 투사학예를 할 거라고. 일단은 본사의 용조수와 나한보를 위주로 할 테지만, 알다시피 애가 배움이 일천해서 배운 무공을 제대로 구분을 못 하니 어떻게 될지 모른다고. 그렇게 적어서 장문인들에게 서신을 보냈지."

원호가 조금 미안한 표정을 지었다.

"미안하이. 회의에 안건으로 상정하면 반대가 많을 것 같아 일단 내 독단으로 결정했네."

"허……. 그야 물론 미리 알았더라면 반대했겠지만, 그래도……."

원강은 멍하니 원호를 보면서 혼잣말하듯 물었다.

"그래도 그렇지, 도대체 무슨 생각을 하시는 겁니까. 건이가 밖에서 사고를 칠까 누구보다 우려하던 분이 방장 사형이셨잖습니까."

원호가 고개를 끄덕였다.

"나 또한 처음엔 그리 판단했다네. 황궁이야 워낙에 복마전 같은 곳이 아닌가. 건이가 아무리 올바르게 행동하더라도 아차 하는 순간에 실수하면 건이는 물론이고 본사의 존망 또한 장담할 수 없는 상황이지."

"충무원은 워낙 외진 곳이라 좀 낫다 칠지 모르나, 기실 위험이야 다른 곳과 다를 바가 없을 겁니다. 황궁 세력들이 마음만 먹으면 어떤 곳도 안전할 수 없지요."

"물론일세. 게다가 가장 큰 문제는 우리가 저쪽의 의도를 전혀 모르고 있다는 점이 아니겠는가. 뭔가 있는 게 분명하단 말일세. 그런데 우린 그게 무엇인지 모르고."

"그렇지요."

"그래서 생각을 좀 달리해 보았다네."

"어떻게요?"

원호가 잠시 말을 끊었다가 말을 이었다.

"이왕 이렇게 된 바에 차라리 대놓고 건이를 드러내 버리면 어떨까 하고 말일세."

"하여 서신을……?"

원강이 질린 얼굴로 따졌다.

"방장 사형의 말씀이 옳다 칩시다. 건이가 위험해서 그리했다 칩시다. 하지만 다른 문파들이 저희 사정을 이해하겠느냔 말씀입니다. 자파의 무공이 밖으로 새어 나갈지도 모른다는 생각에 펄쩍 뛸 겁니다."

"그러라고 한 일이라니까."

원강은 자기도 모르게 '허허' 하고 웃었다.

"난리도 보통 난리가 나는 게 아닐 텐데요?"

"큰 난리는 못 내지."

"그건 또 무슨 말씀……."

"정 따지고 싶으면 중군도독부에 따지라고 했거든."

"네에?"

원강은 입을 쩍 벌렸다.

보지 않아도 눈에 선했다. 원호의 서신을 본 타 문파의 장문인들은 굉장히 곤혹스러울 것이다.

그러나 당장에 나서서 따질 수가 없다.

원호의 말처럼 소림은 힘이 없다. 중군도독부에서 시키면 소림은 할 수밖에 없다는 걸 누구나 다 안다. 그러니까 결국은 중군도독부에 따져야 한다.

문제는 장건이 타 문파의 무공을 익히고 있는 건 알아도 그것이 투사학예를 통해 얼마나 수련생들에게 영향을 끼칠지 확신할 수가 없다는 점이다. 확신도 못 하는데 중군도독부에 다짜고짜 따지기엔 최근 분위기가 너무 흉흉하다. 가뜩이나 관부의 위세가 보통이 아닌 요즘이다.

소림사는 하마터면 봉문될 뻔했고, 무당에서는 우내십존의 한 명인 환야가 관부에 압송당하는 굴욕까지 겪었다. 황궁은 거대 문파를 어떻게든 억누르려는 정책을 펼치고 있다.

이런 상황에서 괜한 분란을 일으키기에는 부담이 너무 크다. 황궁의 미움을 사면 소림사 다음으로 자신들의 차례가 될 수도 있다.

그렇다고 가만히 방치할 수도 없는 노릇이니 따지고 싶으면 명분을 찾아야 하는데, 이 경우엔 증거가 필요하다. 장건이 투사학예로 타 문파의 무공을 펼치거나 수련생들에게 영향을 준 증거를 파악해야 한다. 그래야 중군도독부에 따지더라도 제대로 된 근거를 가지고 따질 수 있다.

 그러려면 일단 은밀히 장건을 지켜볼 수밖에 없다. 하지만 원호가 한두 군데 서신을 보낸 게 아닐 터이니, 지켜보는 눈도 몇 개, 수십 개……. 어쩌면 그 이상도 될 터.

 설사 어떤 비밀 세력이 장건에게 해코지를 하려 한다 해도 장건에게 쏠린 수많은 감시의 눈을 피해 가긴 어렵다. 그리고 보는 눈이 많다는 것을 알게 되면 차후로는 더 이상 경거망동할 수도 없게 된다.

 즉, 장건을 지켜보는 감시의 눈길들이 저절로 장건을 보호하는 안전장치의 역할을 하게 되는 셈이다!

 원강은 원호의 결정이 매우 적절했다는 것을 시인해야 했다.

 "솔직히 놀랐습니다. 생각을 완전히 정반대로 하니 오히려 독이 약이 되는군요."

 "하지만 내가 이렇게 과격하게…… 흠흠, 과감하게 할 수 있는 건 그들이 결국은 건이에게서 아무것도 찾아내지 못할 거라 생각하기 때문이기도 하네."

 장건이 사용하는 무공들은 죄다 조각조각 나 있다. 무공 초식이나 동작을 그대로 쓰는 게 아니라 숨겨진 묘리를 이용해서 자신만의 방식으로 쓰기 때문이다.

"건이에게서 문파 고유의 무공 흔적을 찾기란 그야말로 요원한 일이지요. 아마도 그들은 헛수고를 하게 되겠군요."

"이건 거의 완벽한 승리를 장담할 수 있는 도박일세."

"전 솔직히 방장 사형이 건이를 내보내면서 반쯤은 포기한 줄 알았습니다. 한데 그게 아니었군요."

"그럴 리가 있겠는가."

원호는 원강에게 다 털어놓고 난 뒤에야 좀 후련해진 얼굴을 했다.

"사흘 전에 서신을 보냈으니 아마 지금쯤 움직이기 시작했을 걸세."

"많이 바빠지겠군요."

외부 정보를 얻는 건 백의전의 몫이다. 이제부턴 충무원을 위주로 그 주위의 돌아가는 상황 정보를 빠짐없이 수집해야 한다.

원강은 다시 한숨을 내쉬었다.

"그래도 미리 말씀 좀 해 주시잖고."

그러나 내뱉는 한숨과는 달리 얼굴은 한결 평온해진 표정이다.

"한데 말입니다, 이건 정말 혹시나 해서 여쭙는 말씀입니다만."

"말해 보게."

"만약에, 정말로 만에 하나 말입니다. 수련생 중에 투사학예로 무공을 깨치는 자가 나오면 어떻게 하시렵니까?"

원호의 계획은 어디까지나 장건의 투사학예를 통해 무공을 깨치는 자가 나오지 않을 때를 전제로 하고 있다. 물론 원호가 확신하리만치 장담하고 있으니 그럴 일은 없겠지만, 혹여나 무공을 깨치는 자가 나오면 꽤나 골치 아픈 일들이 생길 것은 자명하다.

원호는 잠깐 생각하는 듯하더니 곧바로 대답했다.

"본사의 제자로 삼지."

"······허어."

그야말로 원호다운 대답이었다.

원강은 한 번 더 물었다.

"그런데 깨친 무공이 본사의 것이 아니면요?"

이번엔 원호도 약간 고민했다.

그러나 고민은 잠시였다. 원호는 이내 소탈하게 웃으며 대답했다.

"건이의 제자로 들이라고 할 셀세! 그만한 재능이면 건이의 제자가 되기 충분하겠구먼!"

원강은 기겁했다.

"그러면 상황이 더 복잡해지잖습니까!"

"우리가 복잡한가? 다른 문파들이 복잡해지겠지. 도독부에 따질 수도 없고 안 따질 수도 없고. 자기네 제자라고 할 수도 없고 아니라고 할 수도 없고."

원호는 다시 웃었다.

"껄껄껄!"

"허어……."

원강은 헛웃음을 지으면서도 질려 버렸다.

말이 안 되는 건 아니나 뭐랄까, 정말이지 소림사는 역대 최고로 뻔뻔한 방장을 얻었다.

\* \* \*

해가 슬슬 넘어가는 저녁이 되었다.

충무원에서는 건신동공에 이어 대홍권의 기초까지 얼추 가르치고, 드디어 첫날의 수업이 끝났다.

물론 대부분이 쓰러지거나 빌빌대거나 하여 제대로 수업을 했다고는 할 수 없었다. 서 있던 시간은 잠깐이고 이런 저런 핑계로 쉴 시간이 거의 대부분이었다.

그래도 끝나니까 좀 살겠는지 수련생들이 힘차게 포권을 하고 일제히 허리를 숙였다.

"감사합니다!"

장건은 쑥스러워하며 합장으로 답했다.

교관인 하분동과 구이남의 인사까지 끝나고 퇴근하자, 수련생들은 순식간에 해산했다.

주린 배를 움켜쥐고 뿔뿔이 흩어진 것이다.

일부는 노집사에게 가서 저녁을 언제 주느냐고 묻고 있었다. 그러나 수련생들이 아무리 아우성을 쳐 봤자 노집사도 어쩔 수 없는 게, 식사를 풀떼기만 주라고 한 탓에 숙수마저 아침에 내보낸 차였다. 노집사마저도 풀을 씹고 있었다. 정말 피도 눈물도 없는 교두였다.

어쩔 수 없이 수련생들의 행동은 여럿으로 나뉘었다.

저녁을 사 먹으러 멀리까지 나가거나 혹은 그들에게 부탁하는 이들, 포기하고 준비된 풀떼기를 먹는 이들 등이었다. 대부분은 움직이기도 힘들 지경이었기 때문에 그나마 움직일 만한 이들이 약간의 수고를 할 수밖에 없었다.

한데 그중에서도 유독 다른 사람들과 동떨어져서 개인적으로 움직이는 이들이 몇 명 있었다.

삼십 대 중반의 수련생인 몽삼 역시 그런 부류 중 하나였다.

몽삼은 눈치를 보다가 수련생들이 밥을 먹으러 나가면서 소란스러워진 틈에 몰래 연무장을 벗어났다.

그러고는 전각을 돌아서 장원 뒤쪽의 으슥한 담벼락으로 갔다.

주변을 살피며 인기척을 확인하는 중에, 돌연 인영 하나가 훌쩍 담을 넘어왔다.

얼굴엔 복면을 했는데 한 길이 넘는 높은 담을 아무렇지 않게 넘어온 것으로 보아 평범한 사람은 아닐 터였다.

몽삼이 꾸벅 인사를 하려 하자 복면인이 손을 들어 막았다.

"언제 사람들이 올지 모르니 거두절미하고 내용부터 묻겠네. 앞으로 무엇을 가르친다 하던가?"

"대홍권, 용조수, 나한보라고 했습니다."

"용조수와 나한보? 정말 그걸 가르치겠다고?"

"정말 가르치긴 하는 것 같습니다만, 그냥 가르치는 게 아니라 뭐더라…… 투사 어쩌고……."

복면인이 눈빛에 답답함과 조급함을 동시에 드러냈다.

"투사학예인가 보군. 앞으로는 한 글자도 잊지 말고 그대로 기억해서 말해 주어야 하네."

"죄송합니다. 처음 듣는 말이라……."

"됐으니 얘기해 보게, 그다음은?"

"뭐…… 이불을 개라고 시키던데요."

"이불을 개?"

복면인의 눈이 일그러졌다.

"어떻게?"

"그냥 싹싹 접던데……. 저는 못하겠더구만요."

"으음."

"그리고 이런 것도 하라고 시켰고요."

몽삼이 팔다리를 들고 흐느적거렸다. 건신동공을 표현한 모양새였으나 흐느적 그 이상도 이하도 아니었다.

"……또 다른 건 없던가?"

"아, 그게 있었습니다. 되게 신기하던데요."

복면인의 눈빛이 번뜩였다.

"어떤 건가?"

"근데 제가 할 수 있을지……."

"일단 해 보게."

몽삼은 바닥에 털썩 앉아 손으로 발목을 붙들었다. 그러더니 뭔가 끙끙대는 기색이 역력했다.

움찔움찔.

"안 되네, 이게."

몸을 갸우뚱거리기도 했다.

"끙!"

그러다가 안 되니 몸 전체를 떨었다.

쿵쿵, 하고 엉덩이가 땅에 부딪혔다.

나중엔 양 무릎을 마구 흔들어 댔다.

파나닥! 파다다닥!

얼굴까지 빨개져서는 열심히 푸닥거리는데 복면인은 몽삼이 도대체 뭘 하는지 알 수가 없었다.

"아, 이게 옆으로 가야 하는 건데, 낑낑!"

저마다의 속셈 65

파다다다다닥!

파다닥…… 다닥…….

파다다…….

몽삼의 활개 치던 동작이 천천히 잦아들었다. 먼지만 풀풀 피어올랐다.

복면인은 몽삼을 가만히 쳐다보았다.

"후우."

한숨을 길게 내뱉는 복면인이다.

몽삼도 뭐라고 말을 하기가 애매해져서 가만히 있었다.

복면인이 체념한 투로 말했다.

"시간이 좀 있으니 앞으로 열심히 배워 주게. 만약 제대로 익히게 된다면 약속한 금액의 배를 더 주도록 하지."

몽삼의 눈이 휘둥그레졌다.

"예, 염려 마십쇼. 열심히 하겠습니다."

그때 몽삼의 배에서 '꼬르르륵!' 소리가 울렸다.

몽삼이 배를 감싸 쥐고 얼굴을 찡그렸다.

"아이고, 배고파 죽겠는데 기운을 썼더니. 저…… 혹시 먹을 것 좀 없습니까?"

\*    \*    \*

질겅질겅.

충무원의 전각 지붕 위.

노집사가 육포를 뜯으면서 앉아 있었다.

"쩝쩝."

노집사는 충무원 사방을 쭉 둘러본다.

수련생들의 움직임이 한눈에 들어온다.

"후조방에 하나, 우상일방, 우상삼방에 하나, 좌측소(左厠所)에 하나…… 혼자 밖으로 나간 자가 셋……."

노집사는 무표정한 얼굴로 코웃음을 쳤다.

"오늘은 이 정도인가."

　　　　　　*　　　*　　　*

종암은 관청에서 부관과 비밀스러운 대화를 나누고 있었다.

종암이 서류들을 앞에 두고 짧게 물었다.

"충무원은?"

"무훼신장(无毁神將)은 무사히 합류했습니다."

"좋군."

무훼신상 삼전은 황도팔위 중 한 명이다. 무훼는 무훼무예(無毀無譽)의 준말로 헐뜯을 것도 칭찬할 것도 없다는 뜻인데 주로 평범하기 그지없다는 말로 쓰인다. 무훼신장 삼전이 기세를 숨기는 데 능숙하여 겉보기에는 전혀 고수로 보이지 않기 때문에 붙은 별칭이다.

삼전의 특기는 병기술로, 열여덟 가지 병장기를 다루는 데 모두 능숙하다. 하나하나가 각각의 분야에서 일가를 이룬 고수 못지않다. 손에 든 모든 것이 곧 그의 독문병기가 된다.

하여 은밀한 임무를 자주 맡는데, 특히 맨손으로 정적(政敵)이나 역적 도당의 진영에 잠입하여 수뇌의 목을 몇 차례나 베어 오는 공적을 세운 바도 있다.

이번처럼 남의 눈에 띄지 않아야 하고 독문병기를 지닐 수 없는 잠입 임무에서는 그가 적격이었다.

잠시 서류를 뒤적이던 종암이 다시 물었다.

"중군도독부 쪽은?"

부관이 바로 대답했다.

"도독께서 당장의 대답은 보류하고 조금 생각해 보겠다고 하셨습니다. 하지만 그쪽에서도 딱히 거절하진 않을 거라 보고 있습니다. 전승자란 아이가 운성방의 독자인 데다 무공 수위가 높아 장래까지 창창하니 포섭하지 않을 이유가 없습니다. 운성방 또한 중군도독부와의 연을 거절하기는 쉽지 않을 것이고요."

"좋아."

그러나 종암의 좋다는 말과 달리 부관은 조금 우려스러운 표정을 지었다.

"잠시 한 말씀 드려도 되겠습니까?"

"말해 보게."

"소림사는 저희가 충분히 제어할 수 있다고 판단됩니다. 황도팔위가 개입하는 것도 모자라서 전승자를 저희 쪽에서 포섭하려고 한다는 사실이 들통 나면 긁어 부스럼이 되는 꼴이……."

"물론 소림사는 제어 가능하지. 하나 북해빙궁은? 북해빙궁도 제어 가능한가?"

"송구하오나 북해빙궁과는 협력 관계가 아닙니까? 지금 같은 상황에서 굳이 북해를 견제할 필요가 있는지요."

"북해빙궁은 그 수가 적음에도 불구하고 고수가 많아 강호 무림의 이 할을 족히 감당할 수 있다고 하네. 그들의 전력 대부분이 강호에 들어온다면, 그들이 우리 말을 순순히 들을 것 같은가? 게다가 새외 세력까지 끌어들인다면 강호 무림은 물론이고 황궁의 안녕마저도 위협받을 수 있는 상황이 되지."

"그렇지요. 그 점이야말로 황상께서 가장 우려하시는 부분이니……."

부관은 종암의 말을 이해했다. 토사구팽(兎死狗烹)이라 해도 할 수 없다. 쓸모없어진 위험한 사냥개를 그대로 둘 수는 없는 노릇이었다.

이미 계획은 믿을 수 없을 정도로 평탄하게 순항 중이었다. 초반에 소림사를 제압한 행동이 제대로 먹혀든 것이다. 이대로라면 머잖아 강호 무림은 사분오열하여 그 힘을 잃게 될 터였다. 그리고 그중 한 축을 북해빙궁이 차지하게 된다.

생각해 보면 미리 훗날을 대비해야 한다는 얘기도 무리는 아니었다.

종암이 말했다.

"우리가 하고자 하는 바는 어디까지나 강호 무림의 '정비'임을 명심하게. 무림의 말살이나 토벌이 아니지. 북해빙궁의 힘은 이용해야 하지만, 결국엔 북해빙궁 역시 '정비'해야 할 대상."

"어사님 말씀이 옳습니다."

"북해빙궁이 전승자를 제거하기 위해 혈안이 되어 있으니 우리는 오히려 전승자를 보호해야 할 방법을 강구해야 할 것이네."

"알겠습니다."

그러나 일이 잘못되었을 때 전승자는 북해빙궁이 아니라 무훼신장 삼전의 손에 제거될 수도 있었다. 삼전의 용도란 그런 것이다.

그러나 굳이 그 말을 할 필요는 없었다. 어차피 둘 다 아는 사실이다.

종암이 부관의 어깨를 툭툭 쳤다.

"북해빙궁의 약점을 알아낼 수 있다면 그것도 좋겠지. 그러나 조만간 북해의 힘이 절대적으로 필요한 일이 생길 터. 그때까지는 북해가 우리의 의도를 절대 모르도록 신중해야 할 것일세."

"물론입니다."

부관이 단언하며 고개를 끄덕였다.

"좋아. 그럼 계속 진행하게."

종암은 잠시 덮어 두었던 보고서를 다시 펼쳤다.

일이 이상하리만치 너무나도 잘 진행되고 있다는 것에 일말의 의심과 불안감이 든 것도 사실이었다.

"북해라……."

언제부터 갑자기 북해가 거슬리게 된 것일까?

종암은 쓴웃음을 지으며 먹을 갈고 붓을 들었다.

무림 정비 계획의 진행 상황에 대해 중간 보고서를 작성해야 했다.

끝없는 서류 작성에 자기도 모르게 쓴 한숨이 흘러나오는 종암이었다.

\* \* \*

북해의 소궁주 야용비는 관청을 나와 주변을 산책하고 있었다.

저마다의 속셈 71

은빛 머리카락을 바람에 흘리면서 하늘거리는 옷자락을 끌고 다니는 야용비의 모습은 어딘가 모르게 비현실적이었다.

주변에는 개미 새끼 한 마리 보이지 않았는데, 그것은 야용비가 점점 더 인적이 드문 곳으로 걸음을 옮기기 때문인지도 몰랐다.

멈칫.

문득 야용비가 걸음을 멈추었다.

멀찌감치 뒤에서 홀로 야용비를 수행하던 냉고사도 멈춰섰다.

봄의 잡초가 듬성듬성 자라난 소로의 끄트머리에 노인 한 명이 길을 막고 서 있었다.

쭈글쭈글한 얼굴의 꽤 나이가 들어 보이는 노인이었다. 하나 결코 범상한 노인이 아닌 것이, 간혹 눈초리와 열 손가락 끝 지첨(指尖)에서 청백색의 희뿌연 기운이 어른거리고 있었다. 어딘가 모르게 기괴한 느낌마저 든다.

청백색의 빛은 단순한 기운이 아니다. 인광(燐光)이다.

바로 북해의 사대고수 중 한 명인 적수의(赤手醫)였다.

그의 별호가 적수의인 것은 손이 붉어서가 아니다. 천 명의 사람을 분해하여 인체 의학에 통달하고 무학까지 얻었다고 해서 붙은 별호다. 그만큼 손에 피를 많이 묻혔다는 뜻이다.

그러나 무공이 부족했던 젊었을 적엔 산 사람보다는 시체를 연구하는 일이 더 많았다. 연구 재료가 부족하면 무덤을 파기도 했다. 열 손가락 끝에서 인광이 발하기 시작한 것은 그때부터였다. 썩은 시체의 뼈에서 흘러나온 인(燐)이 손끝에 밴 것이다.

그래서 그런지 적수의의 손끝에서 인광이 발하기 시작하자 장내에 묘하게 썩은 냄새가 풍기는 듯했다.

하나 야용비는 외려 반가운 미소를 지었다.

"오셨군요. 실로 적당한 때에 딱 와 주었어요."

적수의가 야용비를 향해 공손하게 고개를 숙였다.

"강녕하셨습니까."

적수의는 곧 멀리 냉고사와도 눈짓으로 인사를 나누었다.

야용비가 물었다.

"저는 괜찮은데, 아버님은요? 적수의까지 강호에 나오면 아버님을 모실 사람이 없잖아요."

"궁주님께서는 당신의 안위보다 소주님을 더 걱정하고 계십니다. 이 노구(老軀)가 무엇을 할 수 있을까 모르겠습니나만, 세게 한 손이라노 거들라 하셨습니다. 흐흐."

"그렇군요. 그럼……?"

적수의는 야용비가 무슨 말을 하려는지 안다는 듯 바로 대답했다.

저마다의 속셈 73

"소주께서 요청하신 본궁의 이천 무사들이 저와 함께 들어왔습니다. 소주의 명을 기다리고 있지요."

"좋군요. 강호에서의 일은 생각보다 잘 되어가고 있어요. 서역의 문파에서도 협조하기로 되었고요."

"강호에서의 일은 어떻습니까?"

"전체적인 진행은 좋은데 섬서 이북은 조금 힘들군요. 종남파의 속가인 태을문이 의외로 선전하고 있어요."

"호오, 태을문이라."

"적수의도 곧 그곳으로 가야 할 테니, 함께 온 본궁의 무사들과 언제라도 움직일 수 있도록 준비를 해 두세요."

"알겠습니다."

적수의가 공손하게 다시 고개를 숙였다.

그러다가 바로 물러나지 않고 할 말이 있는 듯 잠시 머뭇거린다.

"송구하오나……."

"말하고 싶은 것이 있나요?"

"백귀살이 당했다는 것이 사실입니까?"

야용비가 고개를 끄덕였다.

"사실이에요. 서신에 적어 보낸 그대로. 백령무의귀천공을 극성으로 한 한백소수를 정면에서 받아냈어요."

"백귀살의 한백소수를……. 보통 문제가 아니로군요. 문각 선사의 무공이 전승되었다는 것이 사실로 증명된 셈이니……."

"그래요. 하지만 당분간은 어쩔 수가 없어요."

"백귀살이 당했다면, 전승자는 본궁에 치명적인 독이나 다름없습니다. 우선적으로 제거해야 한다고 생각합니다."

야용비가 머리를 짚었다.

"알아요. 하지만 이곳 황궁은 전승자를 제거할 의지가 없어요."

적수의가 눈살을 찌푸렸다.

"패를 쥐고 있을 생각인 게로군요."

"그래요. 여차하면 그 패로 본궁을 위협하려 들 테고요."

"역시나 중원 놈들은 음흉한 구석이 있어 마음에 들지 않는단 말씀입니다."

"하지만 본궁이 진출하기 위해서는 저들의 힘이 필요한 것도 사실이에요. 우리는 올해 안에 저쪽이 약속한 대로 강호 무림의 한 자리를 넘겨받을 거예요. 그리고 강호 무림의 판을 다시 짜는 동안 전승자의 존재를 억제하는 것이 지금 할 수 있는 최선이에요."

"존재를 억제한다라……."

적수의의 눈이 음침하게 빛났다.

"불민한 생각일지 모르나, 위험한 불씨는 남겨 두는 것이 아닙니다. 본궁에서 무학에 가장 통달한 이는 냉고사지

저마다의 속셈 75

만, 학문이 아니라 경험으로서의 견문(見聞)이라면 저를 따를 수 없습니다. 원하신다면 제가 전승자를 처리할 수 있습니다. 혹여 그게 불가능하다 하더라도 최소한 전승자의 무공 근원을 밝혀낼 수는 있을 것입니다."

"백귀살에 따르면 전승자의 무공은 상리를 벗어나 있어 일반 무힉으로는 설명할 수 없다고 해요. 이번만큼은 적수의라도 장담할 수 없어요."

"천 명이 넘는 무인을 이 손으로 해체했습니다. 이제는 굳이 살을 가르지 않아도 드러난 근육을 보면 독문병기를 알 수 있고, 관절을 보면 애용하는 수법을 알 수 있으며, 호흡을 재면 내공의 흐름을 유추할 수 있습니다. 그렇게 낱낱이 파헤쳐진 순간 약점이 드러나게 되어 있지요. 제아무리 전승자라도 뼈와 살로 이루어진 인간인 이상 약점이 없을 수 없습니다. 전승자는 제 눈을 피할 수 없을 것입니다."

야용비가 살짝 고개를 가로저으며 말했다.

"아뇨. 전승자는 충무원이란 곳을 매일 오가며 별 볼 일 없는 무인들을 가르치게 될 거예요. 강호의 일에 간섭할 일도, 두각을 나타낼 일도 전혀 없게 되는 것이죠. 강호 무림은 잠시 동안 전승자의 존재에 대해 잊게 될 테고, 우리는 그 사이에 모든 일을 끝낼 수 있을 거예요. 그 전까지 전승자는 어떠한 일로도 사람들의 입에 오르내려서는 안 돼요."

"하지만 소주……."

"적수의!"

야용비가 날카로운 어조로 말을 내뱉었다.

"만일 전승자를 제거할 완벽한 기회가 온다면 그땐 저 또한 마다하지 않을 겁니다. 최선이든 차선이든 그런 기회는 자주 오지 않을 테니까요. 하나 당분간은 그보다 큰 거물을 상대하는 데에 집중해야 해요. 전승자의 일은 그 이후로 미뤄두세요."

"전승자보다 큰 거물이라시면……."

적수의가 기대에 찬 미소를 지었다.

"그렇군요. 오면서 들었습니다. 혼자서 우내십존 다섯을 쓰러뜨린 자의 얘기를."

"그래요. 당대 강호 무림의 절대자. 본궁과 이곳 황궁은 조만간 그를 상대하게 될 거예요. 힘든 싸움이 되겠죠."

"으음."

"알았다면 기다리세요. 모든 일에는 때가 있는 법이에요."

완고한 야용비의 태도에 적수의는 고개를 숙였다. 다음 상내가 그사라넌 선승자의 일은 당연히 뒤로 미뤄지는 게 마땅하다.

"소주의 뜻, 잘 알겠습니다."

\* \* \*

 무당의 장로 운학은 길게 한숨을 내쉬었다. 장문인의 앞에서 불손한 행동이었으나 어쩔 수 없었다.
 "충무원의 수련생 하나를 매수하는 데 성공했다고 합니다. 운송 사제의 제지인 청야가 매수한 수련생과 꾸준히 접촉해서 소식을 전해 올 겁니다."
 장문인의 표정이라고 좋을 리는 없었다.
 "믿을 만한 아이인가?"
 "본파의 무공에 대한 이해가 높은 아입니다. 사소한 것도 놓치지 말라고 얘기해 두었습니다."
 장문인이 끌끌거리고 혀를 찼다.
 "자기 눈으로 직접 보아도 어려운데 하물며 남의 눈, 그것도 무공을 익히지 않은 자의 눈으로 전해 듣는 일이 오죽하겠는가."
 "지금으로서는 이게 최선입니다. 가능하면 직접 수련 과정을 보는 게 좋으나 너무 가까이에 접근하면 장건이란 아이의 눈에 띄지 않을 도리가 없습니다. 우내십존이 모두 인정한 아이 아니겠습니까……."
 장문인이 씁쓸하게 웃었다. 운학의 말이 맞다. 청우와 청인이 합공을 했는데도 패배했다. 그만한 고수를 감시하려면 보통 힘든 일이 아닐 터였다. 만약에 감시하다가 들키면 그게 또 무슨 망신이란 말인가. 명확한 정황을 포착한다거나 의심스러운 상황이 생기지 않는 이상은 시도해 보기조차 부담스러운 일일 수밖에 없었다.

"하필이면 투사학예라니."

평범하게 나한권 같은 거나 가르친다고 했으면 이만큼 고민하지도 않았을 텐데 말이다.

장문인의 미간이 찡그려졌다.

따지고 보면 지금 벌어지고 있는 일은 소림사의 책임이다. 그런데 자기들은 망해서 힘이 없으니까 중군도독부에 따지라고 배짱을 튕기니 답답한 것이다.

하나 소림사를 마냥 닦달하기도 어려운 것이, 소림사가 지금처럼 된 데에는 무당파도 한몫한 까닭이 있었다.

하다못해 소림사의 진산식에 십대 문파가 참여하기만 했더라도 관부에서 그처럼 함부로 하지는 못했을 터다. 게다가 소림사가 그 꼴이 난 후에도 십대 문파 전체가 소림사를 외면하였으니……. 지금에 와선 할 말이 없다고나 할까. 죄책감은 느껴지지 않지만 어쩐지 상황이 자업자득이라는 형태로 돌아온 것 같아 뜨끔할 수밖에 없었다.

사실 모른 척하자면 그럴 수 있다. 기실 장건이 무당파의 무공을 알면 얼마나 알 것이며 가르친다고 해 봐야 사람들이 얼마나 제대로 배우겠는가!

하지만 강호에서는 실상보다 명분이 더 중요한 것이다.

아예 몰랐으면 모를까. 빌어먹을 소림사의 방장이 친절하게 서신으로 알려 주기까지 했으니, 자파의 무공을 가르치는데도 아무 조치를 하지 않는다면 무당파는 병신 팔푼이 소리나 듣게 될 거다.

가뜩이나 사문의 어른인 허량이 관부에 끌려가 있어 체면을 구긴 와중이라 심기가 불편하기만 하다. 방장 원호의 의도를 명확히 알 수는 없지만 무당파의 시선을 충무원에 묶어 두려 한다는 정도는 짐작하고 있기에 더더욱 그러하다.

"원시천존……."

장문인은 답답한 마음에 저도 모르게 도호를 외웠다가 흠칫했다.

얼마 전에 장건이란 아이가 '원시천존!' 하고 도호를 외웠다나 어쨌다나 해서 무당파를 곤경에 빠뜨린 일이 연상되어서였다.

"허허."

장문인은 어이가 없어 실소를 흘렸다.

자꾸만 어떻게든 엮고 얽고 버티는 것, 그게 소림사의 저력인지 뭔지는 모르겠는데 적어도 매우 귀찮다는 것만은 확실했다.

\* \* \*

소림사로 돌아가는 마차.

구이남이 고삐를 쥐고 마차 안에는 하분동을 비롯한 네 소녀가 장건과 함께 있었다.

장건은 웬일로 밖에서 뛰지 않고 마차를 탔다. 아마도 생각할 것이 있어서인 듯했다. 마차를 타면서부터 창밖을 보고 말이 없었다.

제갈영이 입술을 뚱하게 내밀었다.

"영이 하루 종일 기다리느라 심심했는데!"

아닌 게 아니라 수업을 구경할 수도 없고 해서 밖에서 종일 시간 때우느라 고생한 네 소녀였다.

장건이 정신을 차리고 머쓱해했다.

"아? 미안, 미안. 뭣 좀 생각하느라고."

대화의 기회를 놓칠 제갈영이 아니었다.

"뭔데, 뭔데? 무슨 생각 했는데?"

"어, 그게…… 오늘 수련생분들을 보고 느낀 게 좀 많아서."

"응?"

마차 안에 있던 이들이 아리송한 표정을 지었다. 장건이 수련생들을 보고 느낄 게 있던가?

백리연이 물었다.

"혹시…… 평범한…… 그런 거 말하는 건가요?"

평범은 최근 장건이 가진 최고의 화두였다. 아니나 다를까, 장건은 고개를 끄덕였다.

"네. 그분들이 배우시는 걸 보고 처음엔 되게 충격을 받았거든요. 왜 저렇게 움직일까 하고요. 하지만 그게 평범한 건가, 하는 생각도 들더라고요."

양소은이 기가 막힌다는 표정을 지었다.

"그게 무슨 충격받을 일까지 돼?"

"하하, 제가 평범하게 걷는 걸 왜 못 하고 있는지 알았어요."

"뭐어?"

모두의 눈이 쏠리자 장건이 어색하게 웃었다.

장건은 사실 수업 내내 불편했다. 그동안 장건이 본 사람들은 대체로 무공을 익히고 있거나 혹은 수준 높은 고수들이었다. 지금처럼 무공을 익히지 않은 수많은 보통 사람들이 수련하고 구르고 하는 광경을 볼 기회가 없었다.

그건 어쩌면 장건이 요즘 들어서야 '평범해지는 것'에 관심을 가졌기 때문인지도 몰랐다. 이전까지는 늘 아끼는 데에만 중점을 두었기 때문에 도움이 되지 않는 행동들에는 딱히 관심이 없었다.

물론 그걸 지켜본다는 건 결코 쉬운 일이 아니었다. 손발이 오그라들어서 미칠 지경이었다.

그야말로 무질서의 현장. 낭비의 향연. 쓸모없는 동작들의 난무.

장건이 가장 기피하는 것들이 몽땅 몰려 있었다.

'왜 저렇게 체중을 뒤로 싣지? 무릎을 좀 더 낮춰야 중심이 잘 잡혀서 힘이 덜 드는데. 저분은 발뒤꿈치로 걸으시네. 어? 저 아저씨는 어깨를 너무 흔들어서 기운을 낭비하고 있어!'

이상한 점, 불필요한 동작들을 발견해 낼 때마다 소름이 쭉쭉 돋았다. 심지어는 그냥 가만히 서 있는 동작에서도 그러한 점을 찾아낼 수 있었다.

그러다가 문득 장건은 이제껏 간과하고 있던 부분을 깨달았다.

그들과 자신이 어디가 다른지. 왜 다른지.

평소에 사용하는 근육보다 더 많은 수를 움직여도 평범한 사람들과 비슷해질 수 없었던 이유.

그것은 바로 '관절'이었다.

뼈는 근육과 붙어 있고 근육은 뼈를 움직인다. 이 뼈는 견고하게 고정되어 있어서 그 자체로는 휘거나 굽혀지지 않는다. 뼈와 뼈가 연결된 관절을 통해서만 움직일 수 있을 뿐이다.

사람의 몸에서 움직일 수 있는 관절의 수는 백 개 남짓인데, 그중에서 걷는 데만도 팔, 구십 개의 관절을 쓴다. 최대한 덜 움직이려 하면서 걷는다면 오십 개 정도를 쓴다.

보통 사람들은 의식하지 못하지만 걷는다는 건 생각보다 많은 부분의 움직임이 필요한 행위다.

한 발을 내딛는 작은 행위에도 뒷발이 땅을 밀어 추진력을 더하고 고개가 숙여져 무게중심을 앞쪽으로 유도하고 허리가 비틀리며 반동을 일으키는 등 갖은 원리들이 적용된다. 보통 사람들조차 저도 모르는 사이에 가장 합리적인 움직임을 하게 되는 것이다.

하지만 장건은 걸을 때 고작 이십 개 정도의 관절만 사용할 뿐이다.

회전력을 얻기 위해 관절을 비틀 필요도 없고, 얻은 회전력을 관절을 움직여 전할 필요도 없다. 보통 사람이 관절을 통해 할 일을 직접 근육을 비틀고 꼬아서 똑같은 효과를 낸다. 보통 사람이 하체에서부터 시작된 반동을 상체까지 끌어 올려 다시 하체로 내려서 사용한다면 장건은 그냥 하체에서 다 해결해 버리는 식이다.

몸의 각 부분이 거의 독립적으로 움직인다고나 할까. 그러다 보니 움직이는 게 딱딱한 나무토막 같을 수밖에 없다.

제갈영이 기대에 찬 눈으로 물었다.

"그럼 오라버니, 이제 평범하게 걸을 수 있는 거야?"

"글쎄."

장건은 뒷머리를 긁적였다.

평범한 걷기를 제대로 하려 한다면 적어도 지금 상태에

서 칠십여 개의 관절을 더 움직여야 한다. 그것도 한 번이 아니라 걸을 때마다 매 순간. 그건 장건에게도 부담스러운 일이었다.

장건은 한참을 생각하다가 미안한 표정으로 대답했다.

"당장은 어려울 것 같아. 좀 더 연습을 해 볼게."

평범하게 걷는 걸 연습해야 한다니! 듣기에 따라 어딘가 이상한 말이었지만 마차 안의 누구도 이상하다고 생각하지 않았다.

그게 다른 사람도 아닌 장건이니까 다들 그러려니 하는 것이다.

"영이는 오라버니가 꼭 평범하게 걷지 않아도 좋아. 오라버니는 특별하니까! 헤헤."

그 와중에 제갈영이 은근슬쩍 장건에게 가까이 밀착하려 했다. 그러나 그런 제갈영의 이마를 양소은이 손가락으로 밀었다.

"어딜."

제갈영이 버둥버둥하면서 장건에게 가까이 가려 했지만 그럴 수가 없었다.

"이씨! 이거 안 치워? 안 치워?"

백리연이 호호 웃으면서 제갈영을 끌어안듯이 잡아당겼다.

"놔, 놔!"

저마다의 속셈 85

발버둥을 쳐 봐야 좁은 마차에서 어쩔 도리가 없었다.

"어머? 우리 동생이 경쟁은 공정하게 하기로 한 규칙을 잊으셨나 봐."

장건이 '네?' 하고 되물었지만 양소은이 손을 내저었다.

"그런 게 있어, 그런 게. 우리끼리 얘기야."

"이건 음해다! 나는 그딴 데 동의한 적이 없거든? 무슨 각서라도 썼어? 있으면 내놔 보…… 읍읍!"

"호호, 각서라니. 동생이 잠깐 헷갈렸나 보네?"

백리연이 제갈영의 입을 막았다. 그러자 제갈영이 백리연의 손을 물었다.

"아얏!"

백리연이 놀라서 손을 뗀 순간에 제갈영이 장건에게로 몸을 피했다.

"헤헤헤."

제갈영이 장건을 거의 안다시피 옷깃을 붙들고 백리연과 양소은을 향해 혀를 날름해 보였다.

"각서 있으면 내놔 보셔."

"너어?"

"여, 영아……."

장건은 어쩔 줄 모르고 하연홍은 어딘가 모르게 어색해서 얼굴을 붉혔다.

창밖을 바라보던 하분동이 심기 불편한 얼굴로 괜한 헛

기침을 하며 말했다.

"흠흠! 제비가 낮게 나는 걸 보니 밤부터 비가 오려는 모양이군."

하분동의 말에 다들 조금은 민망했는지 어깨를 으쓱거렸다.

하지만 그것도 잠시.

석양이 진 저녁의 관도를 길게 그림자를 늘어뜨리며 달리는 마차 안에서는 도란도란 정겨운 대화가 흘러나오기 시작했다.

제3장

남궁가의 이야기

검왕 남궁호.

그는 세간의 우려와 달리 칩거한 채로 무의미하게 일상을 보내고 있지 않았다.

언뜻 보면 대부분의 무료한 노인네들이 그러하듯 매일 정원 한구석에 쭈그리고 앉아 가만히 사색이나 하는 듯 보이지만, 사실 그는 필사적으로 자기 자신과 싸움을 벌이고 있었다.

남들이 보기에 어떨지 몰라도 남궁호 스스로는 시간을 쪼개고 또 쪼개도 모자란 나날이었다.

핑!

어느 순간 남궁호의 눈빛이 번뜩이는가 싶더니······.

남궁가의 이야기 91

남궁호의 앞 연못가에서부터 파문이 인다.

퐁, 퐁!

수면에서 물방울이 튄다.

그러더니 한순간에 연못의 한가운데에서 물줄기가 일어난다.

촤아아악!

동시에 세가의 담장에 앉아 있던 새들이 날개를 펴 일거에 날아올랐다.

파르르르, 정원의 나무들이 가지를 떨어 댔다.

낮고 긴 음산한 살기가 정원에서부터 퍼져 나간다.

한두 번이 아니다. 세가의 장원에 있던 식솔들은 이유도 모른 채 하루에도 열두 번씩 섬뜩한 한기를 느껴야 했다.

얼마 지나지 않아 살기는 가라앉고 자그마한 정원은 또다시 기약 없는 평온으로 고요해졌다.

곧 작은 소녀 남궁지가 근처에 있던 별채를 나와 남궁호의 앞으로 다가갔다. 남궁지는 말없이 남궁호의 얼굴을 응시했다.

남궁호의 표정이 일그러져 있었다.

남궁지가 물었다.

"또 넘어서지 못하셨군요."

"그래."

남궁지가 무표정한 얼굴로 다시 물었다.

"아쉬우세요?"

"매우. 하지만 어차피 안 될 건 알고 있었다."

아쉽다는 말과 달리 남궁호의 표정은 담담하다.

"그럼 떠나셔야 할 시간입니다. 오늘이 약속한 날이에요."

"알고 있다. 이제 일어나야지."

남궁호가 엉덩이를 털고 일어선 순간, 그가 앉아 있던 작은 바위가 푸석하게 먼지를 내며 부서진다.

"준비해 다오."

남궁호가 남궁지에게 말을 건네다가 갑자기 돌아섰다.

장원의 내원과 별채를 잇는 작은 수화문을 통해 남궁가의 가주인 남궁운이 들어선다.

남궁운은 검 하나를 들고 선 채였다. 남궁호가 시선을 주자 망설이지 않고 양손으로 검을 내밀었다.

붉은 검집은 문양도 딱히 화려해 보이지 않고 소박하다. 빛바랜 표면이 오래된 고검(古劍)의 느낌이 난다.

"이게 뭐냐?"

남궁호의 말에 남궁운이 답했다.

"본가의 보물인 대낭(大浪)입니다."

"내가 그걸 몰라서 묻느냐? 이걸 왜 내게 주느냐고 묻는 것이다."

대낭검은 남궁가가 형편이 어려워 땅문서를 모두 저당

잡힐 때에도 끝까지 조사전에 남아 있던 보물이다. 삼대 조사 남궁고가 대낭검을 들고 악적 수백 명을 베었으나 조금도 날이 손상되지 않았다고 하는 탕마멸사(蕩魔滅邪)의 보검이다.

남궁운은 다부진 말투로 대답했다.

"검성이 송풍검을 소지하고 있다는 얘기를 들었습니다. 그렇다면 저희도 응당 그에 걸맞은 마땅한 검이 필요할 거라 생각했습니다."

"흠."

잠시 생각하던 남궁호가 냉소적인 표정을 짓더니 물었다.

"난 아직 예전의 제왕검형을 완전히 뛰어넘지 못했다. 그럼에도 너는 내가 대낭을 멀쩡히 들고 돌아올 수 있을 거라 보느냐?"

남궁운은 조금도 망설이지 않고 대답했다.

"창천(蒼天)의 검은 부러질지언정 꺾이지 않습니다. 그게 남궁의 검이 아니겠습니까."

남궁호의 입가가 씰룩였다.

"하하하하!"

한바탕 웃은 남궁호가 허리에 차고 있던 청강검을 검집에서 꺼내 들었다. 그러더니 양손에 힘을 주어 검을 부러뜨렸다.

뚝!

남궁호는 부러진 검과 검집을 내던지고 대낭검을 받았다.

"나의 검은 검성을 만남으로써 완성될 것이다."

남궁호는 할 말은 다 했다는 듯이 인사 한마디도 남기지 않고 대낭검을 든 채 수화문을 나갔다.

정원에 남은 남궁운은 저도 모르게 부서져라 주먹을 쥐었다. 손에 축축하게 땀이 배고 나서야 남궁운은 스스로 긴장하고 있다는 걸 깨달았다.

"부디……."

가슴에서 끓어오르는 감정을 주체할 수가 없어 남궁운은 혼잣말조차 끝까지 잇지 못했다. 불안함과 기대감, 무인으로서의 흥분까지 뒤섞여 묘한 감정이 그를 긴장하게 만들었다.

천하제일인과의 비무.

검성과의 생사결.

다른 우내십존처럼 허무하게 쓰러질 것인가, 아니면 이거 내고 남궁가를 천하제일가로서 거듭나게 만들 것인가.

이제 그것은 오롯이 검왕 남궁호에게 달려 있었다.

\*　　　\*　　　\*

남궁호가 약속 장소에 도착했을 때에는 컴컴한 밤이었다.

부슬부슬 안개비가 뿌옇게 내리고 있었다. 안개비에 산란된 만월의 빛은 야음(夜陰)이 짙게 내려앉은 야경을 더욱 우중충하게 만들었다.

남궁호는 구불구불한 강을 끼고 무성히 자라난 갈대밭에 홀연히 섰다.

"비 때문에 미끄럽군. 좋지 않은 때야."

검 한 자루를 품에 안고 무심코 중얼거리던 남궁호가 강물 위에 비친 흐릿한 만월을 보았다.

하얗게 피어난 물안개와 산란된 달빛이 이리저리 흔들렸다.

한차례의 바람이 더 불어와 갈댓잎에 매달려 있던 안개비가 부스스 떨어져 나갔다.

"흠……."

남궁호는 가만히 눈을 감았다.

그리고 미동도 않고 윤언강을 기다렸다.

      \*      \*      \*

남궁가의 식솔들은 뜬눈으로 밤을 샜다.

남궁호와 윤언강의 비무가 어떻게 되었을지 궁금하고 초

조해서 잠을 이룰 수가 없었다.

해가 뜨고 이른 아침 무렵.

남궁가의 장원에 남궁호가 나타났다.

"백부님!"

"어르신!"

기다리고 있던 남궁가의 식솔들은 거의 맨발로 달려 나가다시피 남궁호를 맞이했다.

남궁호는 멀쩡했다. 격전의 흔적이라고는 조금도 보이지 않을 만큼 멀끔했다.

믿을 수가 없었다. 남궁호가 이 정도로 검성을 압도했을까?

꿀꺽.

식솔들이 마른침을 삼키며 남궁호의 입에서 말이 나오기를 기다렸다.

남궁호는 수십 명이나 되는 식솔들을 찬찬히 훑어보며 말했다.

"검성이 나타나지 않았다."

남궁가의 식솔들은 크게 놀랐다.

검성이 약속 장소에 오지 않았다니!

남궁호는 검성 윤언강과의 비무를 두 달여 미루었다. 그렇다고 해서 윤언강이 약속을 잊었을 리는 없다.

남궁기의 식솔들은 어안이 벙벙해졌다.

"설마…… 사천에서의 싸움에서 종적을 찾을 수 없었다더니……."

"혹시 그대로 풍도산(酆都山)을 오른 걸까요?"

풍도산은 도교에서 지옥을 부르는 말이다. 사천성 풍도현에 있어 풍도산이라고 부른다. 한마디로 죽지 않았을까, 하는 추측이다.

검성 윤언강이 사천에서 마지막 결전을 한 뒤로 보이지 않았으니 한 말이다.

"아니면 치명적인 부상을 입었는지도……."

말은 그렇게 하지만 윤언강이 그럴 리 없다는 건 누구나 안다. 부상을 입어서 거동하기 힘들지라도 윤언강이라면 왔을 것이다. 설사 두 다리를 잃었대도 왔을 게 분명하다.

식솔들이 모두 웅성대는 가운데 남궁지가 무표정한 얼굴로 남궁호를 보며 물었다.

"큰할아버님께서는 이미 천인상관(天人相關)의 경지에 오른 지 오래되셨어요. 천기를 읽고 일체의 합일을 이루셨지요. 검성은 어떻던가요?"

남궁호가 차분히 운을 뗐다.

"천기는 드넓은 장강이며 사람은 그 안에서 헤엄치는 잉어와도 같다. 장강에서 살아가는 잉어의 눈으로 어찌 장강 전체를 아울러 볼 수 있단 말이냐. 다만 한 마리 미천한 잉어라도 장강의 도도한 흐름은 느낄 수 있으니, 아직 검성의 명운이 끊이지 않았다는 것만을 알 뿐이다."

"검성이 살아 있군요."

"그렇단다."

남궁호는 다시 한 번 식솔들을 둘러보고 무겁게 입을 열었다.

"하여 나는 이 길로 검성을 찾아 떠날 생각이다."

식솔들의 눈이 휘둥그레졌다. 특히나 남궁운은 더욱 아쉬워했다. 천하제일인인 윤언강이 나타나지 않는다면 검성이 그냥 있어 주는 편이 가문에 큰 도움이 될 것임을 알아서다.

"백부님!"

"이미 소림사의 진산식이 봉행된 지 오래다. 강호의 묵약에 따라 나도 언젠가 물러나야 할 몸. 이대로 뒷방에서 늙어갈 생각은 없구나. 그리고……."

남궁호가 약간 말끝을 흐렸다가 말을 계속했다.

"이번 검성과의 비무일이 다가오면서 본가의 장원 안팎으로 수상한 움직임들이 있었다. 나는 검성이 나타나지 않은 이유가 그것과 관련이 있을지도 모른다고 생각한다. 어쨌거나 그를 만나야 알 수 있게 되겠지."

막 남궁호가 말을 마치고 떠나려 하는데 남궁운이 붙들었다.

"백부님, 말씀드리기 죄송하오나 그가 새로운 제왕검형

을 궁구하신 것으로 알고 있습니다."

남궁호가 묘한 미소를 지으며 대답했다.

"이미 지아에게 맡겨 두었다."

남궁운을 비롯한 남궁가의 식솔들이 남궁지를 쳐다보았다. 남궁지가 무표정한 얼굴로 품에서 얇은 책자를 꺼내 보였다.

"큰할아버님께서 명명하신, 제왕진검(帝王眞劍)이에요."

"제왕진검!"

제왕검형을 기반으로 검왕 남궁호가 심득을 얻어 만들어낸 무공서다. 그야말로 값을 따질 수 없는 귀한 비급이다.

남궁운은 가만히 있는데 남궁지의 오라비인 남궁상이 끼어들어 따졌다.

"큰할아버님! 어떻게 그걸 지아에게 넘겨주실 수 있습니까!"

남궁호가 담담하지만 단호한 어조로 말했다.

"지아는 신안(神眼)이 있어 사람을 볼 줄 안다. 아직은 본가의 누구도 제왕진검에 연이 닿아 있지 않다. 지아가 판단하여 때가 되면 가장 어울리는 이에게 무공을 전수토록 할 것이다."

"큰할아버님!"

남궁호가 남궁상을 무시하고 남궁운을 쏘아보았다.

"가주는 내 뜻을 인정하지 못하겠는가?"

남궁운이 한숨을 내쉬며 고개를 저었다.

"백부님의 뜻을 따라야지요. 강제로 지아에게서 취하는 일은 없도록 하겠습니다. 하지만 말씀하신 그 때가 너무 오래 후의 일이라면……."

남궁호가 흡족하게 웃었다.

"장담컨대 그리 오래지 않을 게다."

남궁호는 식솔들과 장원을 한 번 더 길게 훑어보았다.

눈에 새겨 두려는 듯 말없이 한참을.

그리고 남궁호는 떠나갔다.

\*   \*   \*

검성이 검왕과의 비무 장소에 나타나지 않았다는 소문이 순식간에 강호를 뒤덮었다.

윤언강은 사천에서의 혈전 이후 모습을 드러내지 않았기에 그의 행적에 대한 의문은 날이 갈수록 증폭되었다.

죽었나? 살았나?

포기한 걸까, 아니면 운신도 못 할 부상을 입은 걸까?

아무도 해답을 알지 못했다.

이 사태에 가장 유력한 단서를 쥐고 있을 법한 화산은 아무런 성명도 내지 않았다. 은인자중(隱忍自重)하듯 대외적인 활동도 삼간 재 침묵을 지킬 뿐이었다.

그러나 그 때문에 곤란한 이들은 정작 따로 있었다.

호북의 동호(東胡)에는 너른 호숫가를 따라서 온갖 주루와 다관이 즐비하다. 밤이면 갖은 등이 불을 켜고 시끌벅적 손님을 맞이한다.

워낙 상권이 발달하다 보니 자연스레 크고 잦은 다툼도 있기 마련이고 범죄도 끓기 마련. 호북 성도에서는 포졸들이 수시로 순시할 수 있도록 동호의 외곽에 작은 출장소를 두었다.

십여 명을 임시로 가둘 수 있는 감옥과 생활관, 병기고 정도로 이루어진 작은 출장소다.

그곳에 종암이 있었다.

사실 이곳 동호 출장소는 무림 정비 계획의 실질적인 비밀 지휘소다. 모든 정보와 서신이 이곳으로 들어왔다가 나간다. 종암은 일찍이 황궁으로 돌아가지 않고 은밀히 이곳에 자리 잡고 있었던 것이다.

야용비는 밤을 달려 동호의 출장소로 종암을 찾아왔다.

야용비가 도착했을 때에는 이른 새벽이라 거리에서 밤새 시끄럽게 떠들던 취객들의 목소리도 잠 속으로 사라진 지 오래였다.

종암은 새벽의 찬 공기 속에서 뒷마당으로 나와 야용비를 맞이했다.

"이곳이 아니라 무창부(武昌府)에서 기다리라 했소만."

호북 무창부에는 우내십존 중 한 명인 환야 허량이 구금되어 있다.

야용비가 피식 웃었다.

"왜요? 검왕도 만나지 않은 검성이 환야를 만나러 갔을까 봐요?"

종암이 인상을 쓰자 야용비는 한쪽에 있는 바위에 아무렇게나 털썩 앉았다.

"틀렸어요. 검성은 이제 나타나지 않을 거예요. 무창부에 펼치려던 천라지망은 포기하는 게 좋아요. 검성이 검왕을 쓰러뜨렸다면 다음 차례는 당연히 환야가 되었겠죠. 그랬다면 무창부에 천라지망을 펼치고 한 달이든 두 달이든 검성을 기다려도 됐을 거고요. 그러나 검성이 검왕을 피한 이상 무창부의 천라지망은 무의미해요."

"그 얘기는…… 검성이 죽었을 거란 뜻이오?"

"그랬을 수도 있죠."

"죽었다는 흔적은 없소."

"예로부터 강호의 무림인들은 죽을 때가 되면 갑자기 종적을 감추고 어딘가에 자신의 심득을 남겨 놓는다든가 하는 기행을 벌이지 않나요?"

"하지만 그 정도의 기력이 남아 있다면 제자를 구하기 위해서라도 검성은 반드시 나타날 것이오."

"그 정도의 기력이 남아 있었다면, 검성은 검왕과의 비무에 나타났겠죠. 아니면 제자를 직접 구하려고 찾아다니고 있는 중이든가."

"으음……."

"무창부에서 마냥 검성을 기다린다면 종 어사와 금월사자, 황도팔위 넷과 본궁의 고수 넷까지 최소 열 명의 최고수들이 기약 없이 소모되는 거예요. 불확실한 일정에 귀한 시간과 인재가 낭비될 뿐이죠."

종암의 인상이 찡그려졌다. 남은 우내십존을 비롯해 검성까지 제거할 좋은 기회를 놓친 것 같아 아쉬웠다.

"그럼 어찌했으면 좋겠소? 검성이 마음먹고 몸을 숨긴다면 어지간한 재간으론 찾아내기 어려울 거요."

"그렇겠지요. 그러니까 그걸 우리가 소중한 자원을 낭비해 가며 찾아다닐 필요가 없죠."

"그게 무슨 뜻이오?"

"검성이 알아서 나타나게 만들어야지요."

"미끼?"

종암의 눈이 찌푸려졌다.

"검성의 제자를 놓아주잔 말이오?"

"그냥 놓아주자는 말이 아니에요. 단순한 미끼로 어떻게 검성이란 대어를 낚겠어요."

"하지만 이미 검성의 제자에겐 손을 써 두지 않았소이

까."

"그를 불러 보지요."

야용비가 손짓하자 냉고사가 누군가를 붙들고 나타났다. 초췌한 외모의 이십 대 청년.

검성 윤언강의 제자인 문사명이었다!

당가의 정보력이 정확했다. 육검문 사건 이후 사라졌던 문사명은 내내 관부에 붙들려 있었던 것이다.

그러나 문사명의 상태는 정상적으로 보이지 않았.

팔다리가 묶인 것도 아닌데 달아날 생각을 하지 않는다. 준수한 얼굴은 여전하나 눈에선 총기가 사라지고 동공이 풀려 있어 어딘가 모르게 멍해 보였다.

야용비가 소매 속에 손을 넣었다. 은은한 한기가 주위를 감돈다.

"오성(悟性)이라는 건 무엇일까요?"

대답을 바라고 물은 말이 아니었으므로 누구도 대답하지 않았다.

야용비가 말을 계속했다.

"오성은 판단이에요. 판단은 직관(直觀)에 의존해요. 눈으로 불을 보는 것이 직관이라면, 불이 뜨겁다고 판단하는 건 오성이죠. 따라서 직관이 의심받게 되면 오성이 흐려져요. 내가 본 것이 불인지 물인지 확신할 수 없게 되면, 결국은 그것이 뜨거운지 아닌지 알 수 없게 되는 거에요."

야용비가 아스라한 한기를 머금은 납작한 도전 형태의 빙정석을 쥔 채 문사명의 머리에 손을 얹었다. 문사명은 흠칫하고 몸을 떨었으나 다른 반응은 보이지 않았다.

"결국 오성을 제약한다는 건 직관과 판단 사이에 잘못된 정보를 흘려 넣는 것으로 충분해요. 마치 내가 그것을 직접 본 것처럼 말이죠. 나라밀술에서는 뇌혈(腦穴)에 박힌 금침을 자극함으로써 직관과 판단 사이에 보다 완벽한 의심의 각인을 만들 수 있다고 하지요."

야용비의 입에서 하얀 입김이 새어 나왔다.

북해빙궁의 직계만이 익힐 수 있는 고도빙백신공(高度氷白神功)을 운용하고 있는 것이다.

문사명의 눈자위가 뒤집어지기 시작했다. 몸이 파르르 떨린다.

야용비가 문사명을 향해 조그맣게 중얼거렸다.

"너의 사부가 너를 버렸어……. 미워……. 죽여……."

주위에 제대로 들리지 않을 정도의 작은 목소리였다. 단순한 목소리가 아니라 공력을 담아 골(骨)을 울리는 소리라 음공에 가까웠다. 문사명에게만 소리가 집중되어 종암조차도 언뜻언뜻 일부만 알아들을 수 있을 뿐, 명확하게 전부를 들을 수 없었다.

웅웅거리는 소리로 야용비가 문사명을 향해 몇 번이나 말을 전했다. 그리고 얼마 지나지 않아 '타다닥!' 하고 장작에서 불꽃 튀는 소리가 나며 문사명의 눈썹과 뺨에 급속도로 하얀 서리가 앉았다.

"크윽!"

문사명이 고통스러운 신음을 내지르며 눈을 크게 뜬 순간, 야용비가 손을 힘껏 들어 올렸다.

우수수수.

야용비의 손가락 사이로 자그마한 서리 조각들이 붙어 나왔다. 마치 문사명의 머리에서 뽑혀 나온 것 같아서 끔찍하기 이를 데 없었다.

야용비는 손을 털어서 서리 조각들을 흩어 버린 후 말했다.

"이제 이 자는 번민할 거예요. 사부가 자신을 버린 것이 진실인지 아닌지는 의심하지 않고 오로지 자신을 왜 버렸는지에 대해서만 끊임없이 집착해 댈 거예요. 그러다가 마침내는 그 이유를 스스로 만들어 내게 되겠죠. 스스로는 매우 합리적인 이유라고 생각하고. 그러곤 분노를 쏟아 낼 대상, 자신을 그렇게 만든 대상, 죽여 마땅한 대상을 찾아낼 거예요."

문사명이 그 자리에 허물어지듯 쓰러졌다.

야용비는 고도빙백신공을 거두고 빙정석을 갈무리했다.

"놀랍죠? 이미 천 년도 전에 서장 밀교의 고승들은 이러한 사실을 알고 있었어요. 지관을 신뢰할 수 없다는 걸 깨닫고 참된 진리를 보기 위해 고민했어요. 일부는 직관으로 인한 오욕칠정을 초탈해야 진리의 법을 구할 수 있다는 결론에까지 이르렀지요. 나라밀대금침술은 바로 그 과정에서 직관과 오성을 구분하기 위한 수행의 도구로 탄생했어요."

종암이 약간의 노기를 품었다.

"나라밀대금침술의 유래에 대해 듣고자 하는 게 아니오! 상의도 없이 무슨 짓이오?"

"전 덫을 놓는 데에 동의하신 줄 알았는데요?"

"덫이라고?"

종암이 화난 얼굴로 코웃음을 쳤다.

"설사 저자를 놓아주어 검성과 만난다 쳐도, 저자가 무슨 수로 검성을 죽일 수 있단 말이오? 섣불리 불쏘시개를 들쑤시는 꼴이나 되고 말 거요."

"이미 아실 텐데요. 오성을 제약하면 바보 멍청이가 되기도 하지만, 반대로 굉장한 잠재력을 분출하게 만들 수도 있죠. 육검문의 경우처럼."

종암의 이마에 긴 주름살이 패었다. 야용비의 말이 틀리지 않다. 육검문의 장문들은 본래 강호에서 내로라하는 고수 축에 끼지 못했다. 하나 나라밀대금침술로 잠재력을 격발시켜 짧은 시간 동안 백대 고수 안에 들 정도로 성장했다.

물론 그 잠재력 격발의 대가가 무엇인지 야용비는 밝히

지 않았다. 종암도 딱히 궁금하지 않았고.

"검성을 제거할 수 있게 된다면 좋겠지만 저도 확신하진 않아요. 하지만 검성을, 혹은 검성의 흔적을 만나게 되었을 때 일으킬 작은 소란 정도면 충분하지 않겠어요?"

"소란으로는 충분하지 않소. 검성은 반드시 죽어야 하오. 그래야만 강호 무림의 정신이 꺾일 것이오."

"이건 어디까지나 덫이고 미끼일 뿐이니까요. 그저 작은 방울 하나를 달았다고 생각해 두세요. 검성은 다음 행동을 하기 전에 반드시 제자를 찾을 테고 우리는 자연스레 검성의 출현을 알게 될 거예요. 천라지망을 펼칠 충분한 시간을 얻게 되겠죠."

야용비가 손짓해 냉고사에게 명령했다.

"검성의 제자를 놓아 주세요. 가급적 동호를 벗어나서요."

냉고사가 즉시 혼절한 문사명을 들쳐 메고 출장소를 나갔다.

이어 야용비가 묘한 미소를 지으며 종암을 쳐다보았다.

"조급해하지 마세요. 이미 대세는 기울었고 검성은 결국 죽을 수밖에 없어요. 우내십존의 소멸과 강호의 재성립. 그리고 그때에야말로 종 어사께서는 그리도 원하시던 삶을 얻게 되겠죠."

종암은 뭔가 말을 하려다가 멈칫했다.

야용비의 생글거리는 얼굴을 보고는 문득 등 뒤가 서늘해졌다.

기분이 이상하다.

언제 야용비에게 자신이 원하는 삶에 대해 말한 적이 있었던가?

종암의 눈빛이 깊게 침잠했다.

그러나 그 모습을 정면에서 보고 있으면서도 야용비는 여전히 고혹적인 미소를 짓고 있을 따름이었다.

\*   \*   \*

남궁호가 세가를 떠나간 지 여러 날이 지났다.

쏴아아아―

갑작스럽게 쏟아지는 거센 비와 함께 남궁가의 장원으로 문사명이 찾아왔다.

남궁지는 세가의 정문 앞으로 나왔다.

문사명이 비에 흠뻑 젖어 머리카락을 늘어뜨린 야윈 몰골로 남궁지를 바라보았다.

문사명은 힘없이 말했다.

"미안하오. 놈들에게서 달아났는데 갈…… 데가 없었소."

"놈들요?"

"모르오…… 아무것도 모르겠소. 어떻게 해야 할지도 모르겠소."

먹먹한 말투에 남궁지는 대답 없이 가만히 문사명을 바라보았다.

문사명의 얼굴이 걱정에 젖어 떨리고 있었다. 끙끙거리다가 겨우 말을 내뱉는다.

"왜 갈 데가 없냐고 묻지 마시오. 사부님이…… 나를 버렸소……. 내가…… 내가 무슨 염치로 화산에 돌아갈 수 있겠소? 그래서 방황하다 보니 당신이 생각나더구려. 정신을 차려 보니 이곳에 오게 된 거요……."

남궁지의 무표정한 얼굴에 약간의 당혹이 처음으로 떠올랐다.

"검성이…… 당신을?"

"그게 아니라면, 왜…… 왜 나를 찾지 않았겠소? 난 버려진 거요."

"당신 사부인 검성이 천문서원의 마해와 오황, 그리고 사천 연합의 우내십존 셋을 날렸어요."

놀라야 하는 게 당연한데 문사명은 놀라지 않았다.

"나 때문이 아니오, 그건."

문사명의 눈에서 언뜻 분노가 비쳤다.

"그자 때문이오."

남궁지는 가만히 문사명의 얼굴을 보았다.

문사명은 힘껏 주먹을 쥐더니 팔을 떨쳤다.

후두둑!

젖은 물기가 사방으로 튀었다.

"그자. 나를 이렇게 만든 자! 그를 위해 그리하신 거요!"

문사명의 두 눈이 형형하게 빛나기 시작했다. 분노의 감정이 가득했다.

"이제야 알겠소. 그자를 보고 사부님은 나를 진작에 포기하셨단 걸. 그러니까 그자에게 화산검공의 정수를 보여 주고 본문의 보검을 쥐여 주기까지 한 거요. 내게는…… 내게는 단 한 번도 그런 적이 없었으면서!"

피를 토하듯 문사명이 소리를 질렀다.

"나보다 훨씬 뛰어난 그자를 제자로 삼기 위해 그만한 호의를 베푸신 거요. 후회하셨겠지. 본문의 모든 이가 반대했는데도 나 같은 놈을 제자로 삼으신 걸 말이오. 그러니 내가 어떻게 얼굴을 들고 화산으로 돌아가겠소. 유일하게 믿고 있던 단 한 사람, 나의 사부마저 나를 버렸는데!"

얼굴이 젖어 흐르는 것이 빗물인지 아니면 눈물인지 알 수가 없었다. 온통 일그러진 얼굴로 등을 구부리며 문사명이 절규했다.

"그자는 내게서 당신을 빼앗아 가려 한 것으로도 모자라서 나의 사부마저 빼앗아 갔소!"

문사명은 등을 구부린 채 거친 숨을 내뱉었다.

"그자를 죽여야 하오. 내가 그자를 죽이면 사부도 나를 다시 보게 될 거요."

갑자기 남궁지가 정문의 처마 밑에서 앞으로 걸어 나왔다. 쏟아지는 폭우가 순식간에 남궁지를 덮쳤다.

그러나 남궁지는 한 방울의 비도 맞지 않았다.

문사명이 남궁지의 위에 옷을 펼쳐 장대비를 막아 주고 있었다.

남궁지가 중얼거렸다.

"완전히 정신이 나간 건 아니군요."

웅웅웅웅.

약한 진동음이 울렸다. 내공이 깃든 옷이 뿌연 김을 뿜어내며 비를 튕겨 낸다.

"조심하시오. 비에 젖지 않게……. 내가 칼에 맞아 죽는 것보다 당신이 비에 젖어 감기에 걸릴까 그게 더 무섭소."

작은 키의 남궁지는 턱을 높이 치켜들어 문사명을 올려다보았다.

"언제부터 내공이 이리 깊어졌죠?"

"무슨…… 말이오?"

치이이익.

주변은 여전히 뿌연 김이 뭉실뭉실 피어오른다. 문사명이 옷을 펼치지 않은 부분마저도 비가 침범하지 못하고 있다. 반원을 그려 그 경계 안쪽은 훈훈하기까지 하다.

말을 하면서도 기의 막(幕)을 일정하게 유지하고 있는 것이다.

"그렇군요."

"……뭐가 그렇다는 거요?"

"큰할아버님께서 말씀하신 때가 언제인지 알겠어요."

"무슨 뜻인지 잘 모르겠소."

남궁지는 대답하지 않고 되물었다.

"그를 죽이기 위해 무슨 일이든 하시겠어요?"

따뜻한 눈길로 남궁지를 바라보던 문사명의 눈빛에서 다시금 불똥이 튀었다.

"물론이오! 그자를 죽이고 본문의 보물을 되찾을 것이오. 모두에게 인정받으며 떳떳하게 화산으로 돌아갈 것이오."

남궁지는 고개를 끄덕였다.

그러곤 품에서 얇은 책자를 꺼냈다.

"남궁가의 이천 년 역사상 최고의 무공은 아닐지 모르지만…… 당신은 내가 아는 한 이것을 익힐 수 있는 유일한 사람일 거예요."

책자의 표지에 쓰인 글씨를 본 문사명의 눈동자가 크게 흔들렸다.

"제왕……진검?"

"이것을 받는다면 문 소협은 당대에 검으로 일가를 이룬

두 종사(宗師)의 검공을 모두 사사하게 돼요."

문사명의 얼굴에 갈등의 빛이 어렸다.

"하지만 내가 이것을 익힌다는 건……."

"본가의 사람이 되는 것."

문사명의 눈이 크게 떠졌다.

문사명은 한참이나 남궁지를 빤히 보다가 고개를 힘껏 끄덕였다.

"실망시키지 않겠소."

파아앗!

문사명과 남궁지를 중심으로 일 장 공간의 공기가 빗물과 함께 터져 나갔다.

작은 빗방울들이 소용돌이치며 흩날렸다.

비조차 들이칠 수 없는 공간에서, 문사명과 남궁지는 한참이나 말없이 서 있었다.

## 제4장

일파만파(一波萬波)

"다녀오겠습니다!"

장건은 기운차게 인사하며 소림을 나섰다.

충무원에서 무공을 가르치기 시작한 지 벌써 이 주일도 더 지났지만 출근 때마다 즐거웠다.

사람들 앞에 서는 것은 부담스럽고 떨리지만 그래도 뭔가 하는 일이 있다는 사실이 더 좋았다.

말이야 바른말이지, 그동안 소림에서 거의 방치되다시피 하여 마음고생이 얼마나 심했는지 모른다. '일을 하지 않으면 먹지도 말아라!' 라는 가르침을 가슴 깊이 새기고 사는 장건에게 할 일이 없다는 건 정말 괴로운 일이었다.

참다못해 장건이 스스로 일거리를 찾아다니면, 제발 히

지 말라고 쫓아다니면서 말리지……. 기껏 일을 하면 뭔가 이상하다고 난리지……. 내색은 못 했지만 얼마나 서러웠는가!

그런데 이제 그렇게 서러워할 필요도 없고 주눅이 들어 살 필요도 없다. 뿌듯하기도 뿌듯하고 남들 보기에 부끄럽지도 않다.

한시적이나마 당당하게 나라에서 녹봉을 지급받으며 자신만의 일을 하게 된 것이다. 게다가 덤으로 굉운에게 은혜도 갚았다.

그리고 가장 중요한 것.

이제 밥 먹는 시간에 남들 눈치 안 봐도 된다!

뱃속에 기가 잔뜩 들어찬 요즘에야 딱히 배가 고플 일은 없지만 먹는다는 건 여전히 장건에게 중요한 문제였다.

"앞으로 더 열심히 해야겠다."

장건은 신이 나서 더 빠르게 걸었다.

주변의 풍경들이 휙 하고 순식간에 지나갔다. 진산식에서 정체 모를 사람의 공력을 받아 낸 후로 장건의 내공은 훨씬 늘어났다. 기운이 달라 조금 애를 먹었을 뿐이다.

보통 사람이 반 시진은 족히 걸어야 할 산문 밖까지의 거리를 장건은 일다경도 채 되지 않아 내려왔다.

약속 장소에는 벌써 마차가 와 대기하고 있었다.

하분동과 구이남을 비롯해서 네 소녀들까지 모두 있었는

데 분위기가 조금 이상했다.

네 소녀들은 서로를 쳐다보면서 피식피식 웃기도 하고 째려보기도 한다. 하분동은 그 사이에서 괜히 머쓱해하는 표정이었다.

"응? 무슨 일이지?"

\* \* \*

장건이 채 도착하기 전의 일이었다.

이른 새벽부터 미리 나와 있던 소녀들은 장도윤이 보낸 전갈을 받았다. 단순한 편지는 아니고 일종의 제안이었다.

> 무례하다 생각할지 모르나 본가의 전통에 따르면, 남의 식구를 받아들임에 있어서 몇 가지의 시험을 거쳐야 한다오. 원하는 소저에 한해서 조건 없이 시험에 관한 모든 편의와 지원을 아끼지 않을 것이니, 부디 본인의 뜻을 이해하고 잘 따라주었으면 좋겠소이다.

본래 진상은 상인 집안으로서의 가풍을 지키기 위해 새 식구, 즉 며느리에게 상단의 말단부터 일을 시키곤 하였다. 혼인하기 전부터 상인 집안의 며느릿감으로 충분한지 시험

일파만파(一波萬波) 121

해 보는 일도 있었다. 그러니 장도윤의 이런 결정이 진상으로서는 딱히 이상한 일이 아니었다.

다만 그 대상이 평범한 여염집 여식들이 아니라 쟁쟁한 가문의 여식들이라는 게 이제까지와 다소 다른 점이었다.

"시험이 뭔데요?"

제갈영이 묻자 장도윤이 보낸 상인이 재빨리 대답했다. 장건이 도착하기 전에 얘기를 마쳐야 하기 때문에 말이 빨랐다.

"원래는 상단의 말단 일을 맡기는데 귀한 가문의 여러분들께 그런 사소한 일을 맡길 순 없고 하여, 이번엔 그리하지 말라는 장 방주님의 말씀이 있었습니다."

소녀들이 '그럼요?' 하고 되물었다.

상인이 웃으면서 말했다.

"시험에 도전하는 소저분들이 직접 장사를 해 보시는 게 어떠한가 제안하셨습니다."

"장사를요?"

"예. 기한은 일 년. 어떤 종류의 사업이든, 어떤 방식이든 상관없습니다. 그에 필요한 경비는 모두 저희가 부담할 것입니다. 다만 투자금과 이자를 제외하고 가장 많은 이윤을 남기는 분이 이 시험에서 이기시게 되므로, 무작정 많은 자금을 투입한다고 해서 유리하다고는 할 수 없지요. 하나 많은 자금을 투자해서 많은 이윤을 남기신다면 그 또한 좋은 계책이라 할 수 있겠습니다."

"만약 시험에서 이기면……."

눈치 빠른 상인이 바로 대답했다.

"혼인에 관한 결정권을 도련님이 방주님께 위임한바, 우승한 소저 분께서는 방주님의 전폭적인 지원을 받게 되실 겁니다."

한 마디로 혼인 상대자, 특히 정실을 고르는 시험이란 뜻이었다.

흠칫.

소녀들의 눈빛이 달라졌다.

아무리 자신들끼리 신경전을 펼친다고 해도 결국 정실의 자리는 장도윤에게 달려 있다는 걸 알게 된 것이다.

제갈영이 생각에 잠겨 혼잣말을 했다.

"흐응, 그러니까 이것은 말하자면 일종의 상인식 '비무'로군?"

그 한 마디에 다들 눈빛이 달라졌다.

"비무!"

그렇다. 무인이 무를 겨루듯 상인이 상재를 시험하기 위하여 겨루는 것이다!

특히나 머리가 좋은 데 비해 상대적으로 무공이 뒤처지는 제갈영이 크게 환영할 일이었다.

"영이는 할래!"

당연히 남은 두 사람도 가만히 있을 수 없었다.

백리연이 고혹적인 미소를 짓더니 소매로 입을 가리고 말했다.

"그 승부, 받아들이겠어요."

이미 '일'이 아니라 승부의 영역이 되었다!

양소은이 발을 굴렀다.

쿵!

묵직한 진각에 사람들이 깜짝 놀라 양소은을 쳐다보았다. 특히나 제갈영과 백리연이 긴장된 얼굴로 양소은을 보았다.

하지만 곧 조소를 날렸다.

"흥! 무식하게 몸 쓸 줄만 알고, 이런 일이 있을 줄은 몰랐지?"

"이제 와서 무력을 쓰려고 해도 소용없어요. 이것은 장소협의 춘부장께서 말씀하신 내용이며, 또한 성스러운 가문의 전통이에요. 위협을 한다고 해결될 일이 아니죠."

피식.

양소은이 웃었다.

"웃겨. 누가 위협을 해? 너희들, 내가 너희들보다 불리할 거라고 생각하는가 본데, 그렇지 않다는 걸 알려 주지. 지덕체(智德體)를 겸비한 완성된 며느릿감이 어떤 사람인지."

지덕체의 겸비!

무공이 뛰어난 양소은이 지와 덕까지 갖추었다면 정말 가공할 경쟁 상대라고 해도 무방하다!

그러나 제갈영과 백리연은 그 말을 조금도 믿지 않았다.

"백번 양보해서 '덕'까지는 몰라도 '지'는 어림없어."

"맞아요. 과연 장 소협도 그렇게 생각할까요? 우리 두 사람에게조차 인정받지 못하면서?"

"이것들이?"

상인이 약간 난감한 얼굴로 셋을 말렸다.

"하하, 그만들 두시지요. 어차피 정당한 승부로 겨루시면 되는 문제입니다. 자, 그럼 세 분 모두 시험에 참가하시겠습니까?"

제갈영과 백리연, 양소은이 모두 대답했다.

"영이가 안 하면 누가 해요? 당연히 해요!"

"저도 마찬가지예요."

"흥. 너희들은 내 상대도 안 될 테니 일찌감치 포기하시지."

그때 한 명의 목소리가 더 들렸다.

"저, 저도……!"

세 소녀가 고개를 돌려 보았다.

얼굴이 완전히 빨개진 하연홍이 손을 들고 뻣뻣하게 굳은 채 외쳤다. 얼마나 부끄러워하는지 땀을 줄줄 흘리고 있었다.

"저도 시험에 참가할 거예요!"

하연홍은 빨개진 얼굴로 하분동을 힐끗 쳐다보았다.

하분동은 가만히 하연홍을 보다가 크게 한숨을 내쉬었다.

"후우⋯⋯. 내 건이만은 안 된다고 했거늘⋯⋯."

구이남은 사정도 모르고 좋아했다.

"이야, 만약에 형님의 손녀분께서 대형과 혼인을 하게 되면 어떻게 되는 겁니까? 대형이 형님께 장조부(丈祖父)라 불러야겠군요. 그럼 형님께선 대형을 손녀사위라 해야 하구요?"

하분동이 구이남을 째려보자 구이남은 고개를 돌리고 딴청을 피웠다.

"아니, 뭐⋯⋯ 말이 그렇다는 얘깁지요, 말이."

하분동이나 구이남이야 어쨌든 간에 세 소녀의 얼굴은 떫은 감을 베어 물은 듯 떨떠름해졌다.

"거봐! 내 이럴 줄 알았다니까. 대체 언니는 왜!"

제갈영의 말에 하연홍이 더듬거리며 대답했다.

"그, 그냥!"

"뭐?"

"조, 좋아서 하, 하려는 건 아니고⋯⋯."

원래 하연홍은 장건에게 갖고 있는 감정이 단순한 호기

심인지 아니면 정말 연모의 마음인지 스스로도 잘 몰랐다.

하지만 장건에게 호감을 가진 지는 꽤 오래되었다. 자신의 또래인 소년이 소림사에서 굉장한 명성을 날리고 있다는 걸 알게 된 때부터다. 강호의 무림사를 좋아하는 방년의 소녀에게 장건은 동경에 가까운 존재였다.

동년배 고수와의 교류!

그것은 평범한 소녀에게 꿈만 같은 일이었다.

더구나 장건은 착하기까지 하다. 조금 행동이 이상한 게 흠이지만, 행동이 이상하면서 착하지도 않고 무공이 고강하지 않은 남자는 그보다 훨씬 많다.

아니, 굳이 이모저모로 따져보지 않아도 놓치고 싶지 않다는 생각이 먼저 들었다. '나도 한번 손을 들어 볼까?' 하고 생각한 순간에 너무 가슴이 두근거려서 참을 수가 없었다.

그래서 깨달았다.

자신의 마음을 확인하기 위해서라도 이번 경쟁에 참가해야 한다는 것을.

세 소녀들은 예상치 못한 경쟁자의 등장이 못내 달갑지 않았다.

"아니라고 하더니……."

"얼굴이 새빨개진 걸 보니 완전히 진심이네."

"도대체 상 소협은 왜 이렇게 인기가 좋은 거야?"

한마디씩 하는데 결코 하연홍을 얕잡아 보는 말투가 아니다.

하연홍의 조부가 바로 장건과 십 년을 동고동락한 하분동이 아닌가!

수단 방법을 가리지 않을 대결이 될 것이다. 장건에 대해 잘 알고 있는 하분동이 든든한 우군으로 있는 것만으로도 상당한 이점이 될 수 있다. 게다가 유사시에는 소림과 아미 모두에게서 지원을 받을 수도 있다. 본가와 멀리 떨어져 있는 세 소녀들에 비해 유리한 점이 많다.

겉으로 보기엔 평범하기 그지없으나 실제로는 가장 강력한 후보가 될 수도 있는 것이다.

으드득, 하고 이를 가는 듯한 환청이 들릴 정도로 네 소녀들은 서로를 매서운 눈초리로 쳐다보았다.

"하하, 알겠습니다. 공정성을 기하기 위해 이 시험은 당분간 도련님께 알리지 않고 진행해 주시기를 바랍니다. 그럼 이 시각 이후부터 시험이 시작됩니다. 필요한 것은 언제라도 제게 알려 주시길."

장건은 모르고 있었지만, 이 때문에 소녀들은 예정에도 없던 사업 구상을 하느라 머리가 다 복잡해진 지경이었다. 서로 간에 갖고 있던 경쟁심이 더욱더 불타오른 건 물론이었다.

그리고 이 사소하게 시작된 작은 일이 강호 무림 전체에 얼마나 큰 파장을 가져오게 될지 상상도 하지 못한 채…….

가장 먼저 행동을 개시한 것은 제갈영이었다.

\*    \*    \*

촤악촤악!

착착착!

맑은 하늘 아래 충무원의 연무장에서는 경쾌한 소리들이 들려온다.

한동안 같은 연습을 해서인지 수련생들은 제법 이불을 잘 접어 댔다.

제법 손재주가 좋은 수련생들 몇몇은 끄트머리를 일정하게 맞출 줄도 알았고, 일부는 또 무슨 재주인지 소리를 팡팡 내면서 접기도 했다.

애초에 이불 접기가 그렇게 어려운 일도 아닌 데다 요령만 생기면 못 할 것도 아니었다.

다만 대부분 얼굴이 눈에 띄게 핼쑥해 있어서 야위어 보이는 게 좀 안쓰러울 따름이었다. 저녁에 몰래 야식을 먹는다 해도 아침, 점심은 거의 못 먹는 거나 다름없고, 평소에 하지도 않던 운동을 규칙적으로 하니 살이 빠지는 게 당연한 현상이었다.

하지만 수업이 아주 원활한 건 아니었는데, 이불이 모자라 몇몇이 이불 하나로 돌려쓰고 있는 때문이었다. 이불을 바닥에 놓고 하다 보니 이불이 금세 더럽혀지거나 해지고, 또 찢어져서 쓸 수 없게 된 탓이었다.

장건은 약간 아쉬운 표정을 지었다.

"아까운 이불을 자꾸 낭비하게 되네요. 이불도 모자라고."

구이남이 말했다.

"그렇잖아도 그 때문에 어제 집사에게 수업에 필요한 비품 관리를 똑바로 해 달라고 말해 두었습니다. 집사 말이 오늘부터 수업에 차질이 없을 거라고 했는데 말이지요."

구이남이 문득 손가락으로 문을 가리켰다.

"저기 저거 아닙니까?"

장건과 하분동이 돌아보니 건장한 일꾼 한 명이 작은 손수레를 끌고 제갈영과 함께 연무장으로 들어오는 중이었다.

한데 일꾼의 얼굴이 익숙했다.

"어? 상달 형?"

양소은의 호위무사인 상달이었다.

"아이고, 교두님. 그리고 교관님들, 안녕하십니까."

상달은 넉살도 좋게 굽실거렸다.

"상달 형이랑 영이가 같이 무슨 일이에요?"

제갈영이 서류 한 장을 팔랑거리고 흔들어 보였다.

"물건 납품하러 왔지."

"물건?"

집사가 안쪽에서 허둥지둥 나오며 말했다.

"앞으로 수업에 필요한 교보재 및 기자재를 제갈가에서 납품받기로 했습니다."

제갈영이 신나서 말했다.

"엄밀하게 말하자면 제갈가에서 운영하는 상회가 있는데, 내가 서가촌(西家村) 신설 분점의 점주를 하기로 했어. 그런 의미에서 앞으로 잘 부탁드립니다아, 교두 오라버니!"

옆에서 상달도 허리를 꾸벅 숙였다.

"제갈상회 서가촌 분점에 새로 취직한 상달입니다. 모쪼록 저희 상회를 많이 이용해 주시길 부탁드립니다."

제갈영이 왜 이러는지 전후 사정을 아는 하분동과 구이남은 '허허' 하고 웃었지만 내막을 모르는 장건은 아직 어리둥절했다.

"영이가 계속 필요한 물건을 가지고 온다고? 하지만 매번 수업에 새 이불을 쓰는 선 솜……."

"어허. 걱정하지 마세요, 교두 오라버니. 제가 누굽니까. 자, 상달 직원?"

"옛!"

제갈영이 뒷짐을 지고 손짓을 하자 상달이 번개처럼 손수레로 달려갔다. 상달은 손수레에 잔뜩 쌓여 있는 이불들을 집어서 들어 보였다. 온갖 천으로 기워서 다소 덕지덕지한 헌 이불들이었다.

"쓸모없어진 헌 옷가지와 버리는 천을 모아서 완벽하게 실습용 기자재로 재탄생시킨 '절약형'이올습니다."

상달은 은근히 절약을 강조해서 말했다.

아니나 다를까, 장건의 눈이 반짝였다.

"버릴 걸 재활용하는 거군요!"

제갈영이 거들었다.

"그러엄, 이불로는 절대 쓸 수 없지만 실습용으로 편하게 쓰기엔 딱 좋아. 쓰다가 해지고 찢어지면 다시 기워 쓸 수도 있구!"

"와, 대단한데? 이러면 부담 없이 쓸 수 있겠어."

"이게 바로 일석삼조지. 히히."

제갈영은 으쓱거렸다. 돈도 벌고 장건에게 호감도 얻고 핑계 삼아 같이 일도 하고.

"아무래도 난 딱 상인 집안으로 시집가야 할 체질이라니까."

장건의 얼굴이 빨개졌다.

\* \* \*

제갈영이 이렇게 빨리 움직일 거라고 생각하지 못했던 세 소녀들은 당혹함을 감추지 못했다.

특히나 제갈가의 이름까지 빌려서 순식간에 분점까지 개설한 추진력에는 놀랄 수밖에 없었다.

양소은은 발을 굴렀다.

"분하다. 선수를 치다니. 조그만 것이 행동은 엄청 빠르단 말야."

백리연도 이마를 살짝 찌푸리고 말했다.

"생각지도 못하게 갑자기 거금을 융통해서 뭘 하나 했더니, 그게 본가에 전서구를 보내고 사업을 꾸리기 위해서였군요. 조만간 자그마한 점포도 얻을 거라고 알아보는 중이라네요."

하연홍이 옆에서 조그맣게 한숨을 쉬었다.

자세하게는 듣지 못했지만 제갈영은 은자로 천 냥 정도를 한 번에 융통했다고 한다.

"진짜 통도 크다."

하연홍으로서는 상상도 할 수 없는 돈이었다.

은 천 냥이면 일 년에 쌀 오륙십 섬을 수확할 수 있는 논 삼십 마지기를 산다. 마을에서 보통 부유하다는 소리를 듣는 이들이 그 정도의 논을 소유하고 있다.

그걸 제갈영은 한 방에 빌려 갔단다.

그만한 돈을 차용증 한 장에 대뜸 빌려 준 쪽도 대단하지만 빌려 간 쪽도 대단하다고밖에 할 수 없었다.

운성방이 얼마나 거대한 상단인지 알 수 있는 대목이다. 제갈영 역시 그 정도의 돈을 충분히 감당할 수 있는 제갈가에서 태어났으니 가능한 일인지도 모른다.

그런 배포와 재주를 가진 제갈영을 상대로 어떻게 장사를 해야 할지 하연홍은 막막하기까지 했다.

양소은은 열불이 나는지 계속해서 씩씩거렸다.

"제길, 사람을 우습게 보고 있어. 기선제압을 하겠다는 건데, 어디 두고 보자고!"

백리연이 물었다.

"뭘 할지 결정했어요?"

"아니. 하지만 이대로 질 순 없지."

양소은이 가슴을 내밀고 큰소리를 쳤다.

"나는 이천 냥을 달라고 할 거야! 그러면 걔도 긴장할 걸? 하하!"

"그 돈을 어디에 쓸 건지는 생각 안 하고요?"

"일단 받아 놓고 나중에 돌려주면 되잖아."

백리연이 한심하다는 듯 이마에 손을 짚고 설레설레 고개를 저었다.

"마지막 이윤 정산 때에 빌려 간 돈에 대한 이자도 계산하기로 했잖아요. 무작정 많이 빌려 가면 이자 때문에 손해를 볼 수도 있어요."

"아차차."

양소은이 자기 머리를 쥐어박았다.

"얼마 떼기로 했지?"

"일 년간 일괄적으로 일 할요."

"이천 냥의 일 할이면 얼마야……. 이백 냥? 끄응……. 그깟 이, 이백 냥쯤 그냥 줘 버리면 되지!"

"준다고 해결될 문제가 아니라, 정산 때 이백 냥이 감해질 거라는 게 문제죠. 이백 냥 이상을 뭐해서 벌건데요?"

"맞다, 벌어야 하는 거였지."

이백 냥을 가문에서 가져와 때우는 것과 스스로 번다는 건 다른 문제다. 솔직히 말하자면 이백 냥은 절대로 적은 돈이 아니다.

양소은이 끙끙거리고 생각하다가 중얼거렸다.

"한 달짜리 호송에 호위로 다녀오면 은전 열 냥을 받으니까……."

오가는데 두 달이니 일 년 내내 호송행을 다녀 봐야 이자도 안 나온다. 그 정도로 벌기 힘든 돈이다. 게다가 호송행 따위를 해서 일 년 내내 각지를 돌아다니게 되면 장선과의 사이는 더욱 멀어지게 된다. 다른 경쟁자들이 몇이나 옆에 붙어 있으니까.

잘 생각해 보면 이번 시험 중에는 '가급적 멀리 떨어지지 않은 곳에서 장건과의 관계를 유지해 가며'라는 보이지 않는 규칙이 있는 것이다.

양소은은 자기 머리를 마구 헝클었다.

"으으…… 이럴 때 상달이가 있으면 조금이라도 도움이 될 텐데……. 이놈이 날 배신하고 제갈영에게 붙어?"

"호위무사잖아요. 왜 그랬대요?"

"여자를 소개해 준다고 꼬셨대!"

"영이 동생이 머리를 잘 썼군요. 남의 사람을 뺏어서 본인은 이득을 보고 언니는 불편하게 만들고, 거기다 이젠 관부와의 계약으로 고정 수입도 마련했고요."

"하아."

세 소녀들은 한숨을 내쉬었다.

하필이면 제갈영이 이런 일에 두각을 보일 줄이야.

제갈영이 먼저 한발 크게 치고 나갔으니 이제 그 뒤를 어떻게 쫓아야 할지 걱정이다.

시간이 늦으면 늦을수록 그 차이는 점점 더 벌어질 터였다.

운성방의 상인이 제갈영을 제외한 세 소녀들을 앞에 두고 물었다.

"자, 어떻게 하시겠습니까?"

세 소녀들은 서로 눈치를 보았다.

그러다가 백리연이 먼저 말했다.

"저도 천 냥을 융자받도록 하겠어요."

"알겠습니다."

상인은 두 말없이 차용증과 함께 전표를 꺼내었다.

양소은은 '에라, 모르겠다.' 하는 얼굴로 '이천 냥!'을 외쳤다.

"어떻게든 되겠지!"

이제 남은 것은 하연홍이었다.

하연홍은 엄청난 거금이 눈앞에서 오가고 있어 손을 부들부들 떨기까지 했다.

상인이 부드럽게 웃는 얼굴로 권했다.

"아직 계획이 없으시면 나중에 뵐까요?"

"아, 아뇨."

하연홍은 침을 꿀꺽 삼키고는 힘주어 외쳤다.

"만 냥이요!"

백리연과 양소은의 눈이 휘둥그레졌다.

"뭐어?"

상인도 살짝 놀랐는지 되물었다.

"만 냥이면 나중에 계산해야 할 이자만 천 냥인데 괜찮으시겠습니까?"

양소은이 하연홍의 어깨를 붙들고 물었다.

"뭘 하려는데 자본금을 만 냥이나 써?"

"당연히 비밀이죠."

"와…… 너 미친 거 아냐? 만 냥이면……. 와……."

상인이 차용증과 전표를 하연홍에게 건네기 전에 잠시 몇 마디를 했다.

"혹시나 해서 말씀드립니다. 진상이 지켜야 할 덕목에는 신의를 위해 가난한 자를 갈취하지 않는다는 항목이 있습니다. 근래 금리로 보아 인자전(印子錢)으로 오 할의 이잣돈을 벌 수 있습니다만, 이번 시험에서는 규칙상 일 할 이상의 이자를 받아서는 안 됩니다. 동의하십니까?"

인자전은 월숫돈을 의미한다. 쉽게 말하면 고리대금업을 하지 말라는 뜻이었다.

하연홍은 고개를 끄덕였다.

"네."

"호오…… 알겠습니다."

하연홍이 차용증에 수결을 하고 떨리는 손으로 전표를 받자 양소은이 보다가 나섰다.

"나도 삼천 더! 합이 오천 냥!"

상인은 별 기색도 없이 수긍했다.

"그러시지요."

양소은이 백리연과 하연홍을 돌아보며 큰소리를 쳤다.

"이건 기세 싸움이야! 기세에서 밀리면 안 되는 거라고!"

백리연이 뜬금없다는 얼굴로 양소은을 쳐다보았다.

"그럴 거면 만 냥은 더 빌리셨어야죠."

"어…… 음……. 그거야, 뭐……."

오천 냥이면 이자만 오백 냥이라 스스로도 감당하기 어려울 지경이었다.

백리연은 옅은 한숨을 내쉬었다.

"안타깝네요. 이렇게 경쟁자가 한 명, 시작도 전에 사라지는군요."

"뭐? 너 말에 가시가 있다? 저기 연홍이는 만 냥을 가져갔는데 왜 나만 갖고 그래?"

"그야 연홍 씨는 뭔가 생각이 있으니까 그런 것이겠죠."

"나는 생각이 없고?"

양소은이 와락 성질을 내려 하는데 상인이 '하하' 하고 사람 좋게 웃으며 말렸다.

"그만들 두시지요. 이제 마지막으로 한 말씀 더 드리겠습니다. 이것이 장가의, 그리고 진상의 규칙에 따른 시험이긴 합니다만 혼인이란 어디까지나 가문과 가문의 행사가 아니겠습니까? 따라서 방주님의 친서에 방금 수결하신 차용증의 사본을 동봉하여 각 가문으로 보낼 것입니다."

상인의 말에 세 소녀의 반응은 각기 달랐다.

"알겠어요."

백리연은 가볍게 고개를 끄덕였고,

"어, 망할……. 끙…… 에라이, 여기까지 왔는데! 나도

일파만파(一波萬波) 139

몰라!"

양소은은 걱정 가득한 얼굴을 했다가 순식간에 털어 버렸으며,

"……네."

하연홍은 조그만 소리로 한참이나 뒤늦게 대답을 했다.

어쨌거나 이제는 앞으로 달릴 수밖에 없는 상황이었다.

미래를 쟁취하기 위한 작은 시련!

'좋은 신랑감을 얻는데 이 정도는 극복해 내야 하지 않겠는가?' 라는 생각으로 말이다.

하지만 각각의 가문에서도 소녀들처럼 단순하게 생각하는 건 아니었다…….

\*   \*   \*

하분동은 가까운 거리에 있어서 제일 먼저 서한을 받게 되었다.

"……."

하분동은 탁자 위에 놓인 '차용증 사본'을 보고 막막한 얼굴로 한참이나 말을 꺼내지 못했다.

"괜찮으세요?"

"별로…… 괜찮지 않소. 만 냥을 융자해서…… 이자만 천 냥이라니……. 생전 처음 보는 숫자로구려."

하분동이 길게 한숨을 내쉬었다.

"내 그렇게 싫어했던 부처님인데, 오늘은 좀 부처님께라도 빌어야겠소. 내 눈이 잘못된 것 같으니 내일이라도 낫게 해 달라고."

"너무 걱정하지 마세요. 연홍이도 생각이 있으니까 이런 일을 저질렀겠지요."

"허어……."

하분동은 말을 채 잇지 못하고 있다가 차용증 사본과 서한을 재차 보며 중얼거렸다.

"이건 잘 되어도 문제요. 건이 그놈이 얼마나 짠돌이인데……."

연홍이에게 매일 풀만 먹이면 어쩔 거냐, 하고 싶지만 차마 그 말은 못 하고 꾹 삼킨 하분동이었다.

장건을 그렇게 키운 장본인이 다름 아닌 자신이었다는 것만으로도 충분히 죄책감은 느끼고 있었다.

하지만 누가 이럴 줄 알았겠는가! 그땐 그저 귀찮은 어린 꼬마였을 뿐이었는데.

\* \* \*

며칠이 지나 호북 백리가에도 서신이 도착했다.

백리가의 가주이자 백리연의 부친인 추룡검 백리상과 오

빠. 백리원은 장도윤의 친서와 차용증 사본을 보고 마땅찮은 표정을 지었다.

백리원이 한마디 했다.

"누가 상인 아니랄까 봐 천박하기 이를 데 없군요. 어디 감히 본가에 이따위 차용증서를 보낸단 말입니까?"

"가뜩이나 거기서 목매고 있는 꼴이 마음에 들지 않는데, 이제는 시험까지 치르겠다니 집안 체면이 말이 아니로구나. 우리 백리가가 고작 상인의 가문에 고개를 숙이고 들어가는 꼴이 되지 않았느냐."

"당장 돌아오라고 할까요?"

백리상은 답답했는지 자리에서 벌떡 일어나서 방 안을 서성거렸다.

"그런다고 포기하면 뭐가 나아지겠느냐. 가뜩이나 중군도독부의 신임을 받아 교두로 초청받기까지 한 녀석이다. 우리로서도 놓치긴 아까운 인재야. 연이도 그걸 알고 있으니까 이런 허무맹랑한 짓에 동참하기로 한 게지."

"물론 객관적인 조건으로야 저희가 가장 좋지요. 세상에 연이를 마다할 남자가 어디 있겠습니까. 하지만 상재(商材)를 겨루는 일이라면 또 장담할 수 없으니……."

말끝을 약간 흐리던 백리원이 살짝 낮은 목소리로 말을 이었다.

"아버님, 제가 사람을 좀 풀어 볼까요?"

"뭐? 뭘 하겠다고?"

"경쟁하는 다른 소저와 가문들에 대한 나쁜 소문을 좀 흘린다든가, 장사를 방해 놓는다든가 말입니다. 그럼 훨씬 유리하게……."

백리상이 어이가 없다는 얼굴로 백리원을 보았다.

"이런 모자란 놈!"

"예?"

"네놈에겐 자존심도 없느냐?"

백리원이 억울하단 표정을 지었다.

"아니, 경쟁에서 져서 첩실로 들어가면 그거야말로 더 자존심 상하는 일이잖습니까. 이겨야 자존심도 살지요."

백리상이 노한 목소리로 호통을 쳤다.

"우리 백리가 왜 날건달 같은 짓을 하느냐! 그야말로 천박한 짓임을 모르고!"

"아버님…… 소자는 그저 가문을 위해……."

"어허!"

백리상은 한탄했다.

"멍청한 놈 같으니. 머리가 있어도 생각을 못 하고 가문을 망칠 놈이로구나. 본가가 팔대 세가에 속해 있긴 하나 아직 명가(名家)가 되기엔 먼 이유를 알겠다."

"아버님!"

"안 좋은 소문이 돌면 다른 가문들이 가만히 당하고만

있겠느냐? 똑같이 우리 연이나 가문에 대한 악담을 할 텐데, 그럼 대체 서로 간에 무슨 꼴이 되겠느냐! 나중에 연이가 운성방의 며느리가 되어도 그때 퍼진 나쁜 소문이 꼬리표처럼 달라붙을 테고, 며느리가 못 되면 나쁜 소문이 진짜라서 그랬다고 입방정들을 떨어 댈 것인데!"

"죄…… 죄송합니다……."

"하다못해 네가 제갈가보다 지모(智謀)가 나아서 일을 제대로 꾸미겠느냐, 아니면 남궁가에도 겁먹지 않고 날뛰는 양가장주만큼 무력이 되느냐?"

백리원이 쩔쩔매며 말했다.

"소자가 생각이 짧았습니다. 허면 아버님의 생각은……."

"탐나는 녀석이긴 하나 지금까지의 행적을 보면 본가에서 감당할 수 없을지도 모른다. 아차 하면 잡아먹힐 수도 있어."

"소, 소자도 그런 생각이 들긴 합니다."

"그래도 마냥 방관할 수만도 없으니 사람을 보내긴 해야겠다. 가서 험담을 하란 소리가 아니라 몰래 도우란 말이다. 알겠느냐?"

"예……."

백리상은 미간을 찌푸리고는 탁자 위 운성방에서 보낸 차용증 사본과 그 옆에 쌓여 있는 서한들을 쳐다보았다.

"내가 미련했다. 딸 하나에 너무 많이 기대왔구나. 연이가 있었다면 저것이 모두 본가에 들어오고 싶다는 서한이었겠지……."

백리상이 길게 한숨을 내쉬었다.

개봉도 하지 않은 채 쌓여 있는 수십 장이나 되는 서한들.

그것은 대부분이 백리가를 향한 비무첩(比武帖)이었다.

\* \* \*

제남 양가장에도 운성방에서 보낸 서신이 갔다.

양가장도 백리가와 사정은 별반 다르지 않아서 양지득의 앞에는 비단에, 죽간에, 목패에…… 온갖 것들에 적어 넣은 비무첩이 잔뜩 쌓여 있었다.

그러나 양지득은 비무첩을 모조리 무시하고 붉은색 비단에 황금실로 화려하게 치장된 서신 하나를 손에 들고 있는 중이었다.

"오천 냥? 오처어어언 냥?"

양지득의 험상궂은 얼굴이 잔뜩 일그러졌다.

양지득은 칼로도 베이지 않을 것 같은 질긴 비단 서신을 맨손으로 찢어발겼다. 당연히 그 안에 있던 장도윤의 친필 서한과 차용증 사본도 함께 찢어졌다.

찌이익! 찌익!

"상인 나부랭이가 내 딸을 꼬셔서 오천 냥을 빌리게 해? 그것도 시험을 본다고?"

곁에 있던 총관이 조심스레 양지득의 눈치를 보았다.

씩씩거리던 양지득이 발을 구르며 일어났다.

"준비해!"

"네?"

"외출 준비 하라고."

"어디로 가시게요? 설마 운성방으로 가시게요? 거기 요즘 엄청 잘나가는 뎁니다. 고관대작들까지 줄을 쫙 섰어요! 잘못 건드리면 큰일 납니다."

"지 아들놈이 처맞아도 나한테 이딴 걸 보낼 수 있나 봐야지! 감히 이 양지득이를 뭘로 보고!"

총관은 양지득이 말하는 '놈'이 장건이라는 걸 깨달았다.

"장주님이 말씀하신 게 동네 꼬마가 아니라 임시직이래도 중군도독부의 교두입니다? 알고 가시는 거지요?"

"지가 중군도독부의 교두 할아버지라도 나를 건드리고는 가만히 못 넘어가! 내가 패러 가는 게 아니라 비무라고 하면 지들이 어쩔 거야?"

하기야 전가의 보도라는 비무가 있다. 물론 양지득의 말투를 보아하니 통상적인 비무가 아니라 시비에 이은 폭행의 수순이 될 테지만.

총관이 되물었다.

"그동안은 그냥 두셨잖습니까."

"딸년이 좋아서 쫓아다니는 거랑 그쪽에서 내 딸년을 시험하겠다고 통보하는 거랑 같아? 와서 따님을 주십시오, 하고 무릎 꿇고 사정해도 모자랄 마당에?"

"에이, 그래도 거기가 그냥 상인 집안도 아니고 운성방인데요."

"운성방이면 우리 양가를 우습게 봐도 돼?"

양지득은 거칠게 코웃음을 쳤다.

총관은 억지로 웃으면서 이마의 땀을 훔쳤다.

원래가 양지득은 어디로 튈지 모르는 더러운 성질머리다. 오죽하면 부인과 사별한 후에 재혼하지 못하고 있는 것이 부인에 대한 일편단심 순정 때문이 아니라 다른 여인들이 꺼리기 때문이란 말까지 돌았다.

그러니 시험이고 나발이고 장건을 두들겨 패서 억지로 양소은과 엮이게 만들려는 속셈이 있는지도 몰랐다.

양지득이 고함치듯 물었다.

"거기 어디랬지, 충무원? 거기까지 얼마나 걸려?"

"충무원은 모르겠고 근처에 있다는 서가촌까지는 여기서 한 천오백 리 길 정도 될 겁니다."

"그래? 한 삼사일이면 가겠구만. 그럼 나 혼자 다녀올 테니까 집이나 잘 지키고 있어."

"아니! 그럼 저기 산더미처럼 쌓인 비무첩과 약속들은 어쩌……."

"알아서 해!"

양지득은 총관이 말릴 틈도 없이 순식간에 방을 나갔다.

총관은 이마를 짚으며 고개를 설레설레 저었다.

"정말 못 말린다니까."

그러나 한편으로는 굳이 말릴 필요도 없다는 생각이 든 것도 사실이었다. 양지득이야 이것저것 따지지 않고 자존심이 상해 뛰쳐나간 것이지만, 요즘 강호 돌아가는 상황을 보면 양지득의 행동은 제법 괜찮다.

근간에 검성 윤언강이 질풍 같은 행보를 그만두고 허공으로 붕 떠 버린 상황에서 검왕마저 검성을 찾아 떠났다고 한다. 무이포신과 금월사자가 황궁의 인물이고 무당파의 환야는 관부에 억류되어 있다는 걸 생각하면, 실질적으로 강호 무림에 영향을 줄 수 있는 우내십존은 남아 있지 않은 것이다.

때문에 그동안은 비교적 하층에 속한 문파와 무인들 간에 비무가 오갔다면, 이제는 본격적으로 기존의 기득권층에 대한 도전이 시작되는 양상이었다.

최근에 급증하는 비무첩들이 바로 그것을 의미했다.

이런 상황에서 양지득은 자신의 위치를 확고히 다질 필요가 있었다.

당장에 거의 최고의 후기지수로 손꼽히는 장건을 쓰러뜨린다면 그 효과는 어마어마할 터였다. 어쩌면 미래의 예비 사위를 짓밟고 선다는 게 남들 보기엔 좋지 않을 테지만, 양지득이 그런 걸 신경 썼다면 지금 뛰쳐나갈 위인도 아니었을 것이고.

여하간 실리를 챙기기엔 좋은 기회다.

유일한 불안감이라면―그럴 리 없겠지만― 만에 하나라도 양지득이 장건에게 패하는 경우인데……. 양지득이 진다는 생각은 하기 힘들었다. 비록 패하긴 했어도 연화사태와 수백 초나 동수를 이루었던 양지득이다.

여차 싶으면 간만 보고 튈 수도 있는 게 양지득이다. 그러니까 혼자서 먼저 달려간 거기도 할 테고.

"어쩐지 그동안 너무 오래 몸 사린다 싶었지."

총관은 쓴웃음을 지으면서 혼잣말을 하고는 비무첩을 정리하기 시작했다.

\* \* \*

뚝딱뚝딱.

이른 아침부터 서가촌의 마을 한 곳에서 목수들 여럿이 건물을 올리고 있었다.

제갈영과 숙부인 제갈동교는 함께 건설 현장을 지켜보는

중이었다.

"네가 굳이 분점을 이런 곳에다 낸다고 해서 그러마 하긴 했다만 좀 더 큰 마을로 갈 걸 그랬나 싶다."

"최대한 오라버니와 가깝게 있으려고요. 바로 저 앞이 충무원이니까요."

"그래. 돈도 중요하지만 사람도 놓치면 안 되지."

"도와주셔서 감사합니다. 숙부가 와 주신 덕분에 쉽게 공사도 하고 계약도 할 수 있었어요."

제갈영이 포권을 하며 꾸벅 고개를 숙였다.

"그런 말 마라. 네가 잘 되면 가문도 좋은 거고, 가문이 잘 되면 또 너도 좋은 거고 다 그런 거지. 뭐, 임시 건물을 세우는 거니까 분점은 일주일 안에 공사를 마칠 수 있을 거다."

제갈동교가 말을 하다 문득 생각난 듯 제갈영을 보고 물었다.

"한데 충무원에서 필요한 물품을 공급하는 정도로 이득이 좀 남겠냐?"

"일단 기회를 뺏길까 봐 시작만 먼저 한 거예요. 다음 사업은 다각도로 구상 중이에요."

"그래. 필요한 게 있으면 언제든지 얘기하고."

"네!"

그렇게 제갈영이 제갈동교와 함께 공사를 좀 더 지켜보

고 있는데, 한쪽에서 비단옷을 입은 중년의 남자 한 명이 장정 한 명을 대동한 채 수레를 이끌고 다가왔다.

"어이구, 이게 누구신가. 제갈가의 분들이 아니십니까."

제갈동교가 살짝 놀란 얼굴로 중년의 남자를 맞이했다.

"아니, 송 대인이 여긴 어쩐 일이십니까?"

"어디 좋은 일이 있나 해서 왔지요. 우리 상인들이야 늘 돈 냄새를 맡고 다니는 사람들 아니겠습니까."

"하하, 돈 냄새라니요. 당치 않습니다."

제갈동교가 제갈영과 상인을 인사시켰다.

"인사드려라. 휘주상방의 송 대인이시다."

"안녕하세요."

"오, 제갈가에 영민한 재녀가 있다더니……. 얘기는 많이 들었소이다."

송 상인이 제갈영과 인사치레로 몇 마디를 나누고는 장정이 끌고 온 수레를 내밀었다.

"이게 무엇입니까?"

"자고로 개업 집에는 빈손으로 가는 게 아니지요."

송 상인이 가져온 수레에는 제갈가를 상징하는 깃발과 '제갈상회 서기촌 분짐'이라 쓰인 현판이 실려 있었다.

"허, 이제 막 공사 중인데 어떻게 아시고……. 아직 완성되려면 멀었습니다."

"어차피 언젠가는 지어질 게 아닙니까. 허허."

송 상인이 너털웃음을 터뜨리고는 갑자기 목소리를 낮추어 은근하게 물었다.

"그런데…… 말입니다. 대체 무슨 일이랍니까?"

제갈동교가 짐짓 모른 척했다.

"별일 아닙니다."

"이거이거 왜 이러십니까. 제가 돈 냄새 쫓은 지 이십 년 됐습니다. 대놓고 말해서 별일이 아니면 제갈 상회가 서가촌 같은 산간벽지의 마을에 들어올 일이 뭐 있습니까?"

송 상인이 줄줄 읊어댔다.

"여기 서가촌은 고작 백여 가구에 불과해서 다들 농사나 지어 먹고 살지, 큰 물자가 오갈 만한 곳은 아니란 말입니다. 여기서 대법왕사와 숭양서원이 가깝긴 한데 거기 물자는 다 남쪽의 서십리포촌에서 조달한단 말이지요. 그런데 굳이 이런 불모지에 분점을 내시고……."

"어험험."

"저도 다 들은 게 있습니다. 아, 괜히 서가촌 땅값이 두 배로 폭등했겠습니까?"

"예?"

제갈영과 제갈동교가 둘 다 놀랐다.

"땅값이 두 배로 뛰어요? 며칠 전에 임대계약을 할 때만 해도 안 그랬는데?"

"그야 제갈상회가 움직였다는 소문이 돌아서겠지요. 들

자 하니 운성방이 여기에 투자를 할 거라는 소문도 있고 말입니다."

"정말요?"

송 상인이 멀뚱한 표정을 지었다.

"모르셨습니까? 운성방의 전표가 여기서 잔뜩 쓰였다고 해서 저도 알게 된 겁니다. 오다가도 보니까 무슨 가게를 내는지 몇 군데나 준비 중인……."

거기까지 들은 제갈영의 머리에 퍼뜩 떠오르는 게 있었다.

"저 잠깐만 다녀올게요!"

헐레벌떡 인사를 한 제갈영이 횅하니 서가촌을 가로질러 달렸다. 제갈영의 생각이 맞다면 송 상인이 본 가게들은 장건이 출퇴근하는 관도를 따라 있을 게 분명했다.

아니나 다를까.

조금 달려가다 보니 과연 관도의 길목에 송 상인의 말처럼 새 단장을 하고 있는 건물이 눈에 들어왔다.

그리고 그곳에서 인부들을 독려하고 있는 백리연도 보였다.

"앗!"

제갈영이 짧은 비명 같은 외침을 내뱉자 백리연이 돌아보았다.

"어머. 왔어, 동생?"

"어, 언제부터 시작한 거야?"

"어제부터. 조만간 개업할 거니까 개업식엔 꼭 오렴."

"누가 금방 망할 가게의 개업식 따위에 온대?"

제갈영이 뺨을 부풀리고는 뚱한 표정을 짓고 있다가 한쪽에 붙은 '다관(茶館)'이라는 깃발을 보았다.

"픕!"

제갈영은 입을 가리고 웃는 척했다.

"누가 이런 산골에서 차를 마신다고 찻집을 해? 킥킥! 진짜 금방 망하겠네."

백리연의 눈썹이 살짝 꿈틀했다.

"호호, 그거야 두고 보면 알 일이지. 다른 사람들도 시작했으니까 동생이야말로 긴장하는 게 좋을걸?"

"픔픔픔! 내가 긴장을 해도 언니한테만은 안 할 거 같은데요오?"

제갈영은 뒷걸음질을 치며 계속 웃다가 달아났다. 백리연의 이마에 작은 핏줄이 솟아난 것을 보았기 때문이었다.

제갈영은 달음박질을 하며 백리연의 다관을 재빨리 떠났다.

별로 크지 않은 마을이라 논밭 사이로 띄엄띄엄 집들이 보이는 가운데, 또다시 관도의 길목을 따라 유난스레 시끄러운 소리가 들려오는 건물 하나가 보였다.

가까이 가 보니 장원 형태의 건물이었는데 정문에는 두

개의 창이 그려져 있었고, 담에는 양가장의 가문을 상징하는 깃발과 '창(槍)'이라고 쓰인 깃발들이 보였다.

안에서는 뚝딱거리며 목수들이 일하는 소리와 양소은의 목소리가 함께 들려왔다.

"아, 아저씨! 거기 아니라니까? 거긴 딴 거 놓을 거니까 그쪽 벽에 두지 말라고요."

제갈영은 열린 문으로 몰래 살펴보다가 금세 자리를 떠났다. 괜히 양소은에게 잡히면 좋은 꼴 보기 힘들다.

"시골 사람들이 농사짓다가 무슨 무술을 배운다고……. 쯧쯧, 여기도 금방 망하겠네. 하긴 뭐, 배운 게 도둑질이라구, 자기들이 할 줄 아는 게 뭐 있겠어?"

제갈영은 이제 마지막 남은 하연홍을 찾기 위해 두리번거리면서 길을 걸었다.

하연홍은 뜻밖에도 벌써 간판을 내걸고 장사를 시작한 뒤였다. 생각보다 허름하고 작은 반점(飯店)이어서 제갈영이 다 놀랐다. 이 층짜리 건물이었는데 이 층에서는 숙박도 가능한 듯했다.

슬쩍 안을 들여다보았더니 한쪽 벽의 차림표가 달랑 '탕면(湯麵)' 하나였다. 뒤에서 육수를 끓이는지 구수한 냄새가 났다.

'전문 숙수를 데려다가 맛있는 걸 팔아도 모자랄 마당에 싸구려 국수 하나만 팔아?'

일파만파(一波萬波) 155

은전도 아니고 철전 몇 닢이면 먹을 수 있는 국수를 아무리 팔아 봐야 얼마나 벌겠는가.

 아무래도 망하려고 작정한 모양이었다.

 제갈영은 조금 불쌍하다는 생각이 들었다.

 양소은이나 백리연보다 서민적이어서 그런지 어쩐지 하연홍에게는 정이 갔다.

 '국수나 한 그릇 먹고 갈까?'

 어차피 하는 꼴들을 보아하니 승부는 거의 결정된 거나 다름없는 것 같았다.

 아무리 많은 돈을 빌렸어도 시골에서 많은 돈을 벌 수 있는 방법이 있을 리가 없었다.

 이윤은 고사하고 이자라도 갚을 수나 있을까?

제5장

신창, 이곳에 잠들다

 강호무림에서 신창 양지득에 대한 평은 꽤나 극단적으로 갈린다.

 양지득은 우내십존을 제외하고 다음 최상위 집단 안에 속한다는 평가를 받는다. 신창(神槍)이라는 짧고도 강한 별호가 그것을 증명한다.

 하나 강호에서 그만한 대접을 받고 있다고는 할 수 없었다. 사뭇 고수답지 않은 거친 언행을 자주 하다 보니 많은 이들이 그를 기피한 탓이었다. 쌍욕은 기본이고 온갖 상스러운 말에 비난, 비방까지……. 거칠 것이 없었다.

 하여 명망 있는 무인들은 체면을 핑계로 양지득과 얽히기를 꺼리는 반면 정의감에 불타오르는 신진고수나 애송이 무인들은 거리낌 없이 양지득에게 도전하는 일이 잦았다. 물론 그들 대부분은 흠씬 얻어맞고 발가벗겨져 쫓겨났지만…….

한때 양지득은 기세가 등등하여 남궁호에게 도전을 하였는데 그때 던진 말이 '누가 먼저 불알이 쪼그라드나 칼춤 한 판 뛰어 볼까? 이거 뭐 졸금좆이라 기운이나 쓰겠어?'였다.

남궁호는 젊었을 때 실수를 해 가문을 위기에 빠뜨렸다. 하여 가문을 일으키는 데에만 열중하여 제때에 후손을 남기지 못했던 것이 큰 아픔이었다.

어쩔 수 없이 후손을 보지 못한 것을 두고 졸금좆이라며 조롱하고 있으니 남궁호의 입장에서는 양지득을 때려죽여도 시원찮았을 터였다.

하지만 남궁호는 참았다. 말을 섞는 것조차 부끄럽다며 피했다. '미친개와 사람이 어찌 진흙탕에서 함께 어울리겠느냐.'라며 도전 요청을 일축해 버렸다.

그때부터 남궁가와 양가장의 사이가 급속도로 벌어졌다는 얘기도 흘러나오곤 했다. 양가장의 말처럼 남궁가가 산동으로 세력을 확장하다가 시비가 붙은 게 아니라는 설이다.

어쨌거나 그랬으니 요즘 같은 혼란기에 양지득이 다른 이보다 더 많은 주목을 받게 되는 건 당연한 일이었다.

악명이 높다는 점, 그 때문에 실제 전적에 비해 실력이 높게 평가되는 점, 최근에 우내십존 중 한 명인 아미파의 연화사태에게 크게 패했다는 점 등이 양지득이 각광받는(?) 이유였다.

평화로운 시대에야 체면이니 명분이니 따질 것도 많고 계산할 것도 많았으나 요즘 같은 시대엔 실리가 우선인 것이다.

이런 상황에서 양지득 또한 뭔가 하나를 터뜨려야 한다는 걸 본능적으로 느낀 것인지도 몰랐다.

그렇게 본능이 그를 장건에게 이끌었다.

오는 동안 정보 조직을 통해 장건의 출퇴근 경로를 파악한 양지득은 하루 밤낮을 달려 이틀 만에 서가촌에 도착했다.

장건이 아침 일찍 서가촌을 지나 충무원으로 간다는 걸 알고 있었기 때문에 새벽같이 나선 길이었다.

"밤에 노숙을 했더니 찌뿌듯하구만. 나이가 들어서 이 짓도 못 해 먹을 노릇이야."

집들이 거의 보이지 않고 모내기도 시작하지 않아 허허벌판에 가까운 논밭들이 관도 양옆에 잔뜩 펼쳐져 있었다. 관도를 따라 걸으며 양지득은 눈살을 찌푸렸다.

"이거 엄청 구석지잖어. 뭐 하나 보이는 게 없어?"

얼마 지나지 않아 관도 양쪽으로 옹기종기 건물들이 모여 있는 곳이 보였다. 아마도 그곳이 서가촌의 중심가인 듯했다.

얼마 되지 않는 거리 한쪽에서 모락모락 연기가 피어오르는 모습이 보이고 구수한 냄새가 났다. 반점이라는 글자가 눈에 들어왔다.

"마침 잘됐네."

양지득은 반점 안으로 들어가 떡하니 자리를 잡았다.

"어서 오세요!"

십 대 후반쯤 되었을까? 앳되어 보이는 소녀가 활기차게 인사했다.

양지득이 차림표를 보니 탕면 하나였지만 뜨끈한 국물이 그리웠던 터라 내심 반가웠다.

"한 그릇 말아 줘."

"네, 조금만 기다리세요."

금세 탕면 한 그릇이 나왔다. 맛은 썩 대단치 않지만 먹을 만은 한 정도였다.

"젊은 처자가 부지런하네."

"먹고 살려면 열심히 해야죠."

생글거리는 게 아주 예쁜 얼굴은 아니지만 귀염성도 있고 붙임성도 좋아 마음에 들었다.

"아주 내 딸년하고는 천양지차야."

"따님은 게으르신 편인가 봐요?"

"게으르기만 하면 다행이게? 허이고, 아주 애비한테 바락바락 대들기나 하고 생긴 건 또 어찌나 우락부락한지……. 처자하고는 아주 딴판이야, 딴판. 쯧."

"에이, 그래도 아저씨 딸인데 그렇게 말씀하시면 안 되죠."

"내가 남의 집 귀한 여식을 욕할 수 있나. 내 딸이라서 하는 말이지. 여자는 좀 처자처럼 나긋나긋하고 그래야 남자들이 꼬이는데 지 좋다고 쫓아다니는 놈을 귀찮다고 줘 패 가지고 똥오줌을 질질 싸게 만들어놓질 않나, 애비가 골라준 짝은 마음에 들지 않는다나 어쨌다나, 하여간 애비 속은 무지하게……."

양지득이 후루룩거리면서 젓가락질을 하고 있다가 멈추었다.

이 층 난간에서 튀어나온 한 사람 때문이었는데, 그게 바로 양소은이었다.

양소은이 싸한 눈초리로 양지득을 째려보고 있었다.

양지득이 더듬거리면서 젓가락으로 양소은을 가리켰다.

"니, 니가 여기 어떻게……."

"그건 내가 하고 싶은 말이고……. 근데 여기까지 와서 딸 흉을 봐?"

반점의 소녀 하연홍이 쟁반을 들고 놀란 얼굴을 했다.

"어머, 아저씨 딸이 소은 언니였어요?"

"아, 그게 그러니까……."

양지득이 당황함이 가득하던 표정을 갑자기 싹 지우더니 자리에서 일어나 고함을 질렀다.

"내가 너 있는 줄 모르고 그런 줄 알아? 다 알고 들으라고 한 얘기야, 이년아!"

"뭐어? 욕하다가 걸렸으면 창피한 줄 알아야지. 어떻게 사람이 저렇게 교양도 없이 뻔뻔할까!"

"교양이 없다고? 오냐, 너 말 잘했다. 니년은 그렇게 교양이 지고하셔서 남자 뒤꽁무니나 쫓아다녀?"

양소은이 얼굴을 붉히면서 소리쳤다.

"내가 그것까지 아빠 허락을 받아야 해?"

"니년이 그러니까 우리 집안이 얕보여서 어디 상인 나부랭이가 남의 딸을 두고 시험을 본다는 둥 하는 거잖냐!"

"우리 집안이 얕보이는 게 어디 내 탓이야? 언제는 딸을 못 팔아먹어서 난리더니!"

"허, 저 망할 년이!"

"자꾸 이년 저년 하지 말래도! 누구 때문에 우리 집안이 우습게 보이는데?"

"넌 그냥 가만히 있어. 아빠가 다 해 줄 테니."

"아빠는 안 나서는 게 잘해 주는 거거든?"

"이게 진짜?"

부녀간에 묘한 곳에서 때아닌 눈싸움이 벌어졌다. 좁은 반점 안에 불편한 기류가 흘렀다.

그런데 그때 밖에서 바람 한 줄기가 불었다.

"안녕하세요! 아, 양 소저는 어제도 여기서 주무셨나 봐요. 연홍이도 안녕?"

언제 나타났는지도 모르게 장건이 나타나서 아침 인사를 하고 있었다. 장건은 마차를 안 타고 혼자만 달려서 출퇴근을 했는데 요즘엔 지나갈 때마다 들러서 인사를 했다.

하연홍이 손을 흔들었고 양소은도 재빨리 웃으면서 인사했다.

"안녕!"

"오늘도 기운찬 하루!"

"네. 그럼 이따 봬요."

장건은 곧 사라졌다.

양소은의 표정이 무슨 고수의 초식처럼 순식간에 짜증에서 미소로 변하는 걸 본 양지득은 어이가 없어졌다.

"저놈이냐?"

양소은이 대답할 틈도 없이 양지득은 번개같이 반점을 튀쳐나갔다.

"국수 잘 먹었다. 돈은 딸년한테 받아!"

"아빠!"

양소은이 양지득을 쫓아 나가려고 하는데 하연홍이 앞을

가로막았다.

그리고 손을 내밀었다.

"아저씨가 먹은 국수 값, 이 전. 숙박비 오 전."

"너 진짜 이러기야?"

"부녀간의 감정 문제를 제 손해로 치환하지 말아 달라구요."

"으으으!"

양소은은 부들부들 떨면서 동전 일곱 닢을 하연홍의 손에 건넸다.

\*    \*    \*

양지득은 장건의 뒤를 쫓아 달렸다.

양지득이 경공의 대가는 아니라도 속도에서 장건에 밀릴 실력은 아니다. 약 네 호흡 정도의 시간이 뒤졌으나 금세 장건을 따라잡았다. 거의 댓 걸음 정도의 거리를 두고 나란히 달리게 되었다.

가까이에서 본 장건의 경공술은 소문으로 듣던 것보다 더 희한했다.

얼음 위를 미끄러지듯 쭉쭉 직선으로 나아가고 있는데 중간중간 툭툭 움직임이 끊기듯 딱딱한 모양새였다. 그것만으로도 희한한데 바람이 불 때마다 간혹 흐느작거리는 꼴도 괴기했다. 딱딱한데 부드러움도 있다, 가 아니라 딱딱하다가 부드럽다가 한다.

불영신보에 최근엔 태극경의 수법까지 더해서 발전된 장건만의 경공술이었다.

양지득이 커다란 목소리로 혼잣말처럼 말했다.

"거 소문으로 듣던 것보다 이상한 새끼일세?"

애초에 딸에게도 이년 저년 하는 말투를 쓰는 양지득이 미래의 사위가 될지 안 될지도 모르는 장건에게 고운 말을 할 리 없었다.

앞서 달리고 있던 장건이 그 소리를 듣고 고개만 돌려서 양지득을 쳐다보았다.

"네?"

"니가 그 빌어먹을 장건이란 애새끼냐?"

장건은 평온하던 일상에 뜬금없이 욕을 먹고 기분이 확 나빠졌다.

"제가 장건이긴 한데 빌어먹진 않는데요?"

"새끼야, 그건 그냥 욕이야. 쓸데없이 정정 안 해도 돼."

"아, 네……. 근데 저 아세요? 아까 국수 드시던 분 아녜요?"

양지득은 한마디를 하려다가 뭔가 꺼림칙한 기분이 들었다. 장건의 뒤를 따라가며 걸음을 멈추지 않고 상당한 속도를 유지하고 있는데, 아무렇지 않게 정면으로 대화하고 있

신창, 이곳에 잠들다 167

었던 것이다.

자세히 보니 장건의 고개가 거의 반도 넘게 돌아가 있어서 등 위에 얼굴이 얹혀 있는 꼴이었다!

양지득은 깜짝 놀라서 주먹으로 장건의 얼굴을 때릴 뻔했다. 그러다가 장건의 표정을 보고 평안을 되찾았다.

"띠꺼워하긴. 그렇다고 어린놈이 작은 재주로 어른을 놀리려 들어?"

양지득은 속도를 더 내 장건을 앞질렀다. 그러고는 순간 뒤로 돌아섰다. 하지만 속도는 줄지 않았다. 놀랍게도 뒤로 뛰고 있는 것이었다. 그것도 성인 남자가 있는 힘껏 달리는 속도로.

휙휙 귓가로 바람이 마구 스쳐 가는 가운데 양지득이 장건과 얼굴을 맞대고 씨익 웃었다.

"왜 웃으세요? 전 놀린 적 없는데요."

"니가 놀린 적이 없어도 내가 놀렸다고 느꼈으니까 넌 날 놀린 거야. 알았냐?"

장건이 입을 내밀고 눈살을 찌푸렸다. 명백한 시비였다.

이렇게 시비를 거는 부류를 장건은 그동안 지겹게도 많이 만나왔다. 그리고 대부분은 지금 이 험상궂은 아저씨만큼의 고수였다.

"너 임마, 내가 누군 줄 알아?"

"모르는데요."

양지득이 큭큭대고 웃으면서 갑자기 공력을 끌어 올렸다.

확!

공기가 팽창하듯 퍼지면서 흙먼지가 사방으로 튕겨 나갔다. 마치 둥그런 구(球) 안에 싸인 듯 흙먼지가 구의 영역 안으로 들어오지 못하고 양옆으로 흘러갔다. 이어 뜨끈하고 따가운 투기의 기운이 바로 뒤따라가는 장건에게 쏟아졌다.

"내가 누군 줄은 몰라도 이 정도면 내가 하는 말을 들어야 한다는 건 알겠지? 잠깐 얘기 좀 할까?"

눈앞에 있는 사람이 굉장한 고수라는 건 이미 한눈에 알아보았다. 하지만 장건에겐 그 정도는 딱히 놀라울 것도 없는 일이었다.

장건은 표정의 미동도 없이 고개를 저었다.

"죄송하지만 제가 좀 바빠서요."

"뭐? 이 싸가지 없는 애새끼가······. 좋은 말로 할 때 서는 게 좋을 거다?"

"출근 시간에 늦으면 안 되는데요. 그리고 누군지도 모르는 사람에게 다짜고짜 욕을 하는 사람하고는 볼일도 없구요."

"요 새끼 간덩이가 처부었나!"

이 정도면 양지득으로서도 참을 만큼 참은 편이다. 양지득이 뒤로 뛰면서 양손을 거세게 뻗었다.

 왼손으로 쇄골장을 펼치고 오른손으로 금나수를 펼쳐 장건의 머리카락을 쥐어뜯었다. 경공을 펼치면서 공력을 끌어 올리고 동시에 양손으로 다른 초식을 구사하는 일이 보통이 아닌데, 그걸 뒤로 뛰는 도중에 한 것이다.

 살기는 없었으나 기분이 많이 나빠진 탓에 상당한 힘이 들어가 있었다. 잡히면 뼈가 부러지고 머리카락이 다 뽑힐 터였다.

 장건은 마음의 준비를 하고 있던 터라 빠르게 대응하려 했다.

 한데 막 보법을 밟아 피하려는 순간 소스라치게 놀랐다.

 '어?'

 단전의 내공이 경락을 통해 제대로 전신으로 퍼지질 않았다. 마치 몸이 굳어 있는 듯 편히 움직일 수가 없었다.

 "멍청한 새끼. 쯧쯧."

 양지득이 조소했다. 조금 전 양지득이 공력을 내뿜으면서 장건은 양지득의 공간 안에 들었다.

 대개 고수들은 자신만의 공간을 가지고 있다. 그것은 곧 그만의 영역이다. 적어도 그 공간 안에서만큼은 어떤 방해도 받지 않고 자유롭게 전력을 다할 수 있게 된다. 심지어 상대가 자신의 공간 안에 들어오면 상대의 기 흐름을 압박해 움직임을 제약하기도 한다.

그것이 극대화된 무공이 남궁가의 제왕검형이다.

괜히 고수들이 기막을 펼치고 기를 뿜어내어 부딪치는 게 아니다. 공간을 확보하기 위한 싸움인 것이다.

장건은 벌써 양지득의 공간 안에 있었으므로 운기가 자유롭지 못했다. 양지득은 교묘하게도 장건이 알아채기 힘들게 투기를 쏘아 낸 후 공간을 확보했다. 순간의 승부에서 경험이라는 건 무시 못 할 요소였다.

'큰일 났다!'

장건은 가볍게 피하려 생각했다가 그게 안 되자 마음이 급해졌다. 오른쪽 가슴에 쇄골장의 경력이 날아와 꽂혔다.

장건은 어쩔 수 없이 내공을 흩어 버리고 쇄골장을 받아들였다. 쇄골장의 경력이 단단한 벽에 부딪히는 듯 움찔했다가 푹신하게 장건의 몸으로 파고들었다. 장건은 최소한의 내공을 이용해 쇄골장의 경력을 몸 안에서 이끌었다.

근육이 꼬이고 풀리면서 태극경의 수법으로 쇄골장의 경력을 인도했다. 쇄골장이 품은 기운이 적지 않았지만 일부는 흡수하고 일부는 흘리면서 장건은 겨우 쇄골장의 기운을 해소시켰다.

파르르르르.

장건의 몸이 갑자기 떨리자 양지득은 흠칫 놀랐다. 분명히 쇄골장이 적중했는데 물먹은 솜을 친 듯 반발이 거의 느껴지지 않았다. 이건 피한 것도 아니고 막은 것도 아니었다. 양지득에게조차 참으로 희한한 경험이었다.

 게다가 금나수는 보기 좋게 빗나갔다. 허공을 움켜쥐었을 뿐이었다. 장건은 기묘하게 흐느적거리면서 금나수를 피해 지나가고 있었다.

 장건은 '끙!' 하고 답답한 신음을 삼켰다. 몸 여기저기 가시가 돋친 듯 쓰라렸다. 제대로 내공을 쓸 수 없는 상황에서 쇄골장의 기운에 경락들이 손상되어 약간의 내상을 입은 것 같았다.

 장건도 화가 났다. 얼핏 조용하고 순한 것 같지만 장건도 약간 욱하는 성질이 있다.

 다짜고짜 붙는 시비는 언제나 그렇듯 달갑지 않았다. 특히나 요즘처럼 아주 평온한 일상을 보내던 와중의 시비는 더더욱!

 장건은 양지득의 금나수를 피해 지나는 순간 양지득의 공간에서 벗어났다는 걸 깨달았다.

 장건이 이를 악물곤 몸을 회전시키며 폭발적으로 공력을 끌어 올렸다. 뒷발을 쭉 뻗어 땅을 디디곤 몸을 웅크리는 모양으로 섰다가 발을 내디뎠다. 발밑에서 작은 회오리가 일었다. 발끝에서부터 시작된 전사경이 몸을 타고 올라 금강권의 경력으로 발현되었다.

 장건은 약간 몸을 뒤튼 상태로 자신을 바라보는 중인 양지득을 향해 일권을 내질렀다.

어지간한 이들의 것보다 훨씬 크고 색도 짙은 양지득의 위기 덩어리가 견우혈(肩髃穴) 위를 지나고 있었다. 견우혈은 어깨와 팔의 경계 부근인데 양지득의 위기 덩어리가 워낙 커서 시꺼먼 수박 한 통이 어깨 위에 얹혀 있는 듯 보였다.

장건의 주먹은 망설임 없이 양지득의 어깨 위 위기를 그대로 가격했다.

양지득은 장건이 자신의 공격을 피하면서 바로 공세로 전환하는 걸 보고 살짝 감탄을 할 뻔했다. 최소의 동작으로 흐트러짐 없이 공격까지 이어지는 일련의 과정이 섬세하면서도 아름다웠다. 그러나 그 아름다움에서 중간중간을 뚝뚝 덜어낸 듯 뭔가 부족해 보이기도 했다.

그리고 그 과정에서 섬광처럼 뻗어오는 주먹은 가히 일절이라 할 수 있었다.

무슨 주먹이 가슴에서 쑥 튀어나오는 듯하다!

주먹을 지르는 동작에 있어 시작과 끝이란 게 도무지 존재하지 않는 것 같았다. 시작도 없는데 정신을 차리고 보니 어느새 끝이라고나 할까?

솔직히 양지득은 그 주먹을 막는다고 확신할 수가 없었다. 우내십존에 필적한다는 자신이 그런 말을 하면 다른 사람들이 비웃을지도 몰랐다. 하지만 그게 사실이었다. 이 정도의 공격은 예의상으로라도 적당한 손해를 입어 줘야 할 것 같은 느낌이다.

한데 지금 양지득은 굳이 그럴 필요가 없었다.

장건의 주먹은 전혀 엉뚱한 데로 뻗고 있었으니까.

가만히 있어도 어깨 위로 그냥 빗나갈 주먹질이었다.

중심이 불안정한 상태에서 억지로 몸을 뒤틀면서 사용해서 그런 걸까? 그래서 다소 완벽하지 못하고 띄엄띄엄하다 느껴진 것이었을까?

그러나 그 순간 무엇을 느꼈는지 양지득은 전신에 소름이 돋았다. 본능적으로 위험을 직감했다.

양지득은 몸을 틀었다. 어차피 빗나갈 게 뻔한 주먹질이었는데 거기에서 약 한 치쯤을 더 비껴 냈다. 워낙 장건의 주먹이 빨라서 그것이 그가 할 수 있는 최선이었다.

그럼에도 불구하고 양지득은 곧 난생처음 듣는 불쾌한 소리를 접했다. 굳이 표현하자면 뼈가 으스러지는 소리를 천 배쯤 확대한 듯한 소리였다.

**콰드득!**

갑자기 어깨가 무너지는 듯 충격이 오더니 양지득의 눈앞이 핑글 돌았다.

양지득으로서는 믿을 수 없는 일이었다.

흔히 고수는 눈으로 좇는 것보다 기감으로 느끼는 게 더 빠르다고 한다. 그러나 오랜 세월 안법을 수련해 왔고 무수한 실전을 겪었기 때문에 시야를 관리하는 능력도 보통 무인들에 비해 월등하다. 팔다리가 날아가도 눈 한 번 깜빡하지 않는다. 그때가 가장 위험한 동시에 기회가 된다는 걸 알기 때문이다. 독한 이들은 한쪽 눈이 날아가는 순간에도 다른 눈을 감지 않는다고 한다.

그러다 보니 어떤 상황에서도 시야를 확보하는 게 몸에 익어 있는 양지득이었는데, 그런 그가 아차 하는 사이에 시야를 잃어버린 것이다.

온통 세상이 빙빙 돌아서 초점을 맞출 수가 없었다. 세상이 도는 것인지 자기가 도는 것인지 알 수가 없었다.

'안 맞았다고!'

양지득은 고수답게 짧은 순간에 천근추의 수법으로 무게 중심을 아래로 내리눌렀다. 양손을 뻗고 몸을 틀어 전면에 수직으로 자리한 급소를 보호했다.

지이익!

제대로 중심을 잡았는지 혼란한 와중에도 땅이 끌리고 있는 것을 느꼈다. 양지득은 진각을 밟아 멈추었다.

쿠웅.

자욱하게 먼지가 피어났다.

시야가 쉽게 회복되지 않았지만 다행히도 장건이 더 공격해 올 낌새는 없었다.

신창, 이곳에 잠들다

"이 새끼……."

양지득은 양팔을 앞으로 막은 채 틈 사이로 전방을 내다보았다. 장건이 멀찍이 떨어진 곳에 멍청히 서서 자신을 쳐다보고 있었다.

그런데 장건도 멀쩡하지 않았다. 몇 걸음이나 뒤로 밀려 나가서는 오른팔이 빠져 덜렁거렸다.

그 모습을 보고 양지득은 더 기분이 이상해졌다.

"저놈아는 도대체 뭘 때린 거야?"

뭘 때렸다고 맞았고, 뭘 잘못 때렸다고 팔이 빠져?

아마도 반탄력에 의해 충격을 되돌려 받은 것 같긴 한데 말이다.

양지득은 한 모금의 진기를 끌어 올려 재빨리 몸의 상태를 점검했다.

충격을 받은 건 확실한데 딱히 큰 손상은 입지 않았다. 다만 좀 피로감이 느껴질 뿐이었다.

"뭐야, 뭐?"

눈에 띄는 피해가 없는 게 더 이상한 일이어서 미칠 지경이었다.


한편, 장건의 입장에서도 환장할 노릇이었다.

뭐하는 사람인지 갑자기 나타나서는 다짜고짜로 덤벼드니, 물론 이런 일이 한두 번은 아니었지만 매우 짜증스러웠다. 가뜩이나 출근이 지체되는 것도 신경 쓰였다.

그래서 장건도 가만히만 있지 않고 반격을 했다.

한데 무심코 날린 금강권이 결국 험상궂은 남자의 위기를 부수지 못했다!

험상궂은 남자가 놀라운 반사 신경으로 피하는 바람에 약간 빗나간 탓도 있었지만, 위기의 강도(剛度)가 너무 높아서 장건의 금강권으로는 깨뜨릴 수 없었던 것이다.

'와! 이런 일도 있구나.'

장건은 충격으로 팔이 빠져 아픈 것도 잊었다.

어떻게 보면 이것이 지금 장건의 금강권이 낼 수 있는 파괴력의 한계라고도 볼 수 있었다.

그래서 더 아쉬웠다.

'이럴 줄 알았으면 이조암에서 성공했던 그걸 해 볼걸.'

금강권을 아주 짧은 순간 두 번 연속으로 똑같이 타격해 힘을 중첩시키는 수법.

그것이면 남자의 위기를 단번에 깨뜨릴 수 있었을지도 몰랐다. 이미 남자의 위기 덩어리에 희미한 균열이 가 있는 게 보였다.

하지만 사실은 그걸 하고 싶었어도 성공하지 못했을 가능성이 더 컸다. 이조암에서의 금강권 두 번 연속 지르기는 신중하고 올바른 자세에서 겨우 한 번 성공했던 터라 급히 하려면 안 될 확률이 더 높았다.

'얼마 안 있으면 집으로 돌아간다고 내가 너무 안이했나 봐. 오늘부터 수련을 계속해야겠다.'

장건은 끙끙대며 팔을 당겨서 빠진 팔을 맞추었다. 따로 접골을 배운 것은 아니지만 늘 자기 몸 안을 샅샅이 살피고 있는 장건이니 못할 건 없었다.

장건이 팔을 끼워 맞추는 것을 보며 양지득은 목을 좌우로 꺾었다.

우득우득.

맞은 건지 안 맞은 건지 애매해서 모르겠지만, 기분상으로는 왠지 한 대 맞은 느낌이다.

원래는 우선 장건을 바닥에 눕혀 놓고 무릎 꿇게 해서 '니가 내 딸을 내 허락도 없이 데려가게?' 하고 멋지게 일장훈계를 할 작정이었다. 한데 상대가 그리 호락호락하지 않다.

"생전 처음 보는 희한한 수법도 쓰고……."

양지득은 말을 하다가 멈추었다.

생각해 보니 장건은 문각의 백보신권 전승자다. 백보신권은 백 보 안에서라면 어떤 것도 맞출 수 있다는 소림권공의 극치다.

"그렇군."

권풍은 눈에 보이지 않으니 눈에 보이는 궤적 외에 다르게 타격하는 방법이 있는 것인지도 모른다. 마치 암경처럼.

왜 맞았는데도 멀쩡한지는 여전히 오리무중이지만 말이다.

양지득은 허리춤에서 단봉을 꺼내 휘둘렀다. 철컥거리면서 단봉이 길게 늘어났다.

"내가 원래 주먹질보다 몽둥이질이 체질이야."

곤이나 창을 든 양지득과 그렇지 않은 양지득은 꽤 큰 차이가 있다.

장건은 한숨을 푹 내쉬었다.

"왜 그러시는지 모르겠지만요, 저 출근해야 하거든요? 오늘은 미리 준비할 것도 있어서 좀 일찍 가야 해요."

"성실한 새끼네."

"저한테 왜 그러시는 건데요?"

"니가 나를 쓰러뜨리거나, 내가 너를 자빠뜨리면 그때 알려주마."

장건은 잠시 생각하다 말했다.

"그럼 나중에 알려주세요. 전 늦어서 가 봐야 할 거 같아요."

"안 된다니까?"

"그게 왜 아저씨 마음이에요?"

"그야……."

양지득의 눈이 사납게 빛났다.

호기심이 호승심으로 변하기까지는 그리 오래 걸리지 않

앉다. 무인의 본능은 늘 피를 끓게 만든다.

양지득은 말을 잇지 않고 기이하게 늘어난 단봉을 이리 저리 휘저어 본다. 단봉은 조립된 것임에도 불구하고 버드 나무처럼 탄력을 가지고 낭창거리며 휜다. 끄트머리에 창 날을 달 수도 있지만 지금은 달지 않아 곤(棍)이 되어 있다.

양지득이 호흡을 가다듬고 몸을 낮추었다. 발을 구르면 서 폭발적으로 뛰쳐나갔다. 장건과의 거리가 눈 깜짝할 사이에 좁혀졌다.

양지득은 기합 대신 고함을 질렀다.

"그야 내가 니놈을 놓아주지 않을 것이기 때문이지!"

상보나찰(上步拿札)의 수법으로 곤을 쥔 한 팔을 쭉 밀어 뻗는데 곤의 뿌리만 겨우 붙들고 있어서 곤이 길게 늘어나는 것처럼 보였다. 달려든 거리에 뻗어온 곤의 길이가 더해 지니 장건의 입장에서는 거의 곤이 두 배로 늘어난 듯 느껴졌다.

곤이 명치를 노리고 있었기 때문에 장건은 금강부동신법 으로 옆으로 걸음을 옮기면서 허리를 틀었다. 곤을 비껴내면서 곤을 등으로 쭉 타고 앞으로 나가 반격하려는 심산이었다.

곤이 비스듬히 상체를 돌린 장건의 등을 지나가는가 싶은 순간, 곤의 뿌리를 엄지와 검지로만 붙들고 있던 양지득이 손가락을 아주 살짝 흔들었다.

일직선으로 날아가던 곤이 뿌리에서부터 낭창거리며 흔들리기 시작했다. 작게 일렁이던 흔들림이 곤의 중간을 지나면서부터는 크게 휘청거리는 파도가 되었다. 휘청거리는 파장이 곤의 끝에 이르자 곤이 크게 옆으로 휘어졌다가 마치 채찍처럼 그대로 장건의 등을 때렸다.

장건은 미처 등 뒤를 보지 못했으나 안법을 쓰고 있었으므로 양지득의 움직임을 한 시야에 담고 있었다. 양지득이 아주 미세하게 손가락을 움직이는 것부터 곤의 뿌리에서 시작된 흔들림이 장건을 향해 전파되는 모습까지를 다 보았다.

하지만 보는 것과 피하는 건 다르다. 고개를 돌려 등 뒤를 확인하는 순간엔 벌써 곤 끝에 가격되기 일보 직전이었다. 장건은 피할 수 없다고 생각하자마자 곤이 날아드는 반대 방향으로 뛰면서 잠시의 시간을 벌고, 그 사이에 한 번 더 금강부동신법을 사용해서 반 바퀴를 돌았다. 양팔을 들어 올려 팔뚝으로 곤을 막았다.

빠악!

양팔로 가슴을 가리고 거기에 기의 가닥으로 감쌌는데도 충격이 어마어마했다. 장건은 내장이 다 뒤흔들리는 듯한 충격을 받고 옆으로 튕겼다.

휘청휘청.

곤은 장건을 두들기고도 여력이 남아 공중에서 흔들리고

있었다. 그런 곤을 한 발을 내딛고 팔을 쭉 뻗은 자세에서 두 손가락으로만 붙들고 있는 양지득이었다.

보통 사람이라면 곤 끝을 한 손으로 잡고 있기만 해도 버거운데 고작 두 손가락으로 집고 있으면서 한 수를 더 썼다. 실로 창곤술에 대한 공부가 어마어마한 것이다.

허공에서 한 바퀴를 더 회전해서 힘을 흘려 낸 장건이 비틀거리면서 착지했다. 장건은 울컥하고 헛구역질이 나는 걸 참았다. 겨우 한 번 맞았는데 내장이 쏠린다. 미처 예측하지 못해 태극경으로 흘리려는 시도도 해 볼 수가 없었다. 그나마 공력을 크게 쏟지는 않았는지 내공에 의한 부상은 없었다. 순전히 외가에 의한 타격이다.

괜히 고수가 아니었다.

그러나 놀라기는 양지득도 마찬가지였다.

"어허, 저놈은 무슨 앞뒤가 막 바뀌어? 등짝을 때렸는데 낯짝으로 막고 있네."

전신의 세밀한 근육을 모두 동원해 누구보다 제자리에서 빠르게 회전하는 게 장건의 특기이기도 했다.

"거 참 신기한 놈이구만. 뭘 어떻게 배워서 핏물 하나 안 마른 놈이 괴물이 됐어?"

양지득은 중얼거리면서도 손은 멈추지 않았다. 왼손 팔뚝으로 곤을 내리누르면서 허리를 숙이고 연속으로 두 걸음을 전진했다.

파파팟.

곤이 거의 바닥에 붙으면서 바닥을 쓸 듯 좌우로 흔들린다. 마치 뱀이 기어가는 듯한 모양이었다.

바닥을 쓸고 있는데도 바닥에는 아무런 흔적이 남지 않는데, 이것은 바닥에 닿고 있지 않기 때문이다. 거의 일 촌(一寸)의 간격을 두고 띄워서 좌우로 후려치는 것이다.

창날을 달면 말이나 사람의 발목을 자르고, 창날이 없어도 양지득의 내공이면 발목을 부술 수 있다.

어쩔 수 없이 장건은 깡총거리고 뛰면서 곤을 뛰어넘을 수밖에 없었다. 가뜩이나 충격이 해소되지 않아 제대로 정비하지 못한 상태에서 연신 뛰다 보니 자세가 흐트러지고 있다.

양지득이 번신(翻身)해서 몸을 뒤집으며 곤을 위로 치켜올렸다. 자연스럽게 곤의 가운데를 잡고 부드러운 원을 그리면서 공격을 이어간다.

좌우로 큰 원을 그리면서 걸어가듯 앞으로 나아가며 장건을 압박한다.

도보무화(跳步無花).

부웅부웅.

강력한 경력이 담긴 곤이 원형의 궤적으로 비스듬한 사선을 그리면서 장건의 발아래에서부터 위쪽으로 치솟아 올랐다.

신창, 이곳에 잠들다 183

장건은 깡총대며 뛰다 말고 몸을 좌우로 흔들어서 아래에서부터 계속 날아드는 곤을 피해야 했다.

 양지득은 단순히 초식을 '사용한다'는 정도로 곤술을 쓰지 않는다. 곤을 수시로 미끄러뜨리거나 잡아당기거나 해서 길이를 조절한다. 매 초식의 시작, 심지어는 초식 중간에도 곤을 잡는 위치가 달라진다. 그렇게 함으로써 곤의 길이, 곤이 그려 내는 원의 궤적 크기가 실시간으로 바뀌고 있다.

 얼굴을 때린다 생각하고 피하면 궤적이 매우 희한하게 비틀리며 낭심을 향하는 식이다. 그런데 그게 억지로 힘을 주어 궤도를 바꾸는 게 아니다. 곤을 휘두르는 중에 곤을 짧게 당겨 잡거나 길게 밀어 잡거나 하는 것만으로 궤도가 바뀐다. 낭창거리는 곤은 손이 잡은 위치에 따라 제 마음대로 각도와 궤도를 바꿔 버린다.

 양지득이 끊임없이 미세하게 곤의 길이를 조절하기 때문에 장건은 정신이 하나도 없었다. 일반적인 공격의 궤도가 아니다. 궤적을 예상해도 길이에 신경 쓰지 못하면 맞는다. 길이에 따라 각도마저 바뀐다.

 그야말로 같은 것이 하나도 없는, 다르게 말하면 매우 난잡하고 자유로운 공격이다. 물론 양지득 정도의 수준이면 그것조차 모두 계산하고 사용하는 것임에 분명했다.

 따라서 장건 또한 그냥 예측하고 피할 수 있는 게 아니라, 매 순간 곤의 움직임을 눈으로 보고 판단해서 움직일 수밖에 없었다.

실로 압박감이 대단했다.

조금만 한눈을 팔아도 머리통이 터질 것 같다. 반격은 이제 꿈도 못 꿀 지경이다.

처음 공격이 성공했더라면 이 정도로 몰리진 않았을 터였다. 역시 고수를 상대로 두 번의 기회를 잡기란 쉽지 않은 법이다.

장건의 손발은 점점 더 어지러워지기 시작했다.

반격의 여지가 사라지고 싸움이 길어질수록 어쩔 수 없는 생각들이 들어서였다.

출근에 늦으면 어떡하지? 어떻게 해야 빨리 갈 수 있지? 하는 생각들이었다.

게다가 같은 것이 하나도 없는 자유로운 양지득의 곤법은 자꾸만 장건의 머릿속에 무량무해를 연상시키게 만들었다.

장건은 칼날을 처음부터 끝까지 똑같이 벼려서 모든 부위가 일정한 날카로움을 지니게 만드는 형태로 무공을 익히는데, 무량무해나 양지득의 곤법은 완전히 반대이다. 칼날을 어디는 날카롭게, 어디는 뭉툭하게 만들어서 매 순간 임의로 필요한 부위를 쓴다. 심지어 칼의 손잡이, 칼등, 칼의 코까지 필요한 건, 쓸 만한 건 죄다 가져다 쓴다.

그것이 결벽증에 가까운 장건의 질서정연한 세상에 파문을 던졌다.

그리고 그런 자잘한 생각들이 장건의 집중을 방해했다.

장건의 무공, 내공의 운용은 심생종기를 따른다. 마음이 일어야 내공이 움직인다.

한데 집중을 못 하니 생각이 번잡해지고 대응이 느슨해졌다.

"윽?"

장건은 아차 하는 사이에 발바닥을 얻어맞았다.

복숭아뼈로 날아들기에 무심코 발을 들어 피했는데 궤도가 훨씬 안쪽으로 비틀리면서 발바닥을 친 것이다.

충격도 충격이지만 중심이 완전히 흐트러졌다. 장건은 옆으로 넘어갈 듯 비틀거렸다.

양지득은 순간 다시 한 발을 뒤로 물러서며 퇴보(退步)했다가 주저앉으면서 곤을 자기 머리 위로 크게 돌렸다.

구우웅.

어마어마한 위력이 느껴지는 곤이 장건의 허리를 가로로 부러뜨릴 것처럼 날아들었다.

허수아비처럼 한 다리로 서서 비틀거리는 자세로는 도저히 막을 방법이 없었다. 몸이 막 떠오르는 중이라 아래로 가라앉힐 수단이 없기도 했다.

그렇다고 아예 뛰어올랐다가는 공중에서 다음 공격을 무

방비로 당할 수밖에 없다.

장건은 천근추를 몰랐지만 아래로 몸을 낮춰야 한다는 걸 본능적으로 알았다.

생각 끝에 장건은 중심을 완전히 아래로 내리눌렀다. 그것만으로는 조금 부족했다. 발바닥을 맞고 뜬 다리를 수평으로 눕혀 가부좌를 트는 자세로 만들면서 다른 다리의 허벅지를 눌렀다.

그러자 겨우 몸이 뜨다 말고 가라앉았다.

천근추 비슷한 모양이 나왔다. 허공으로 높이 뛸 때 자신의 발등을 찍고 다시 뛰어오르는 경신법이 있는데 그걸 반대로 한 모양새였다.

장건은 마치 정좌를 한 것처럼 앉은 자세가 되었다.

구우우웅!

머리 위로 무시무시한 파공성을 내며 곤이 스쳐 갔다. 머리카락 몇 개가 곤에 쓸려서 바스러지며 날아갔다.

부웅부웅.

장건의 머리 위에서 계속 곤이 회전했다. 한쪽 무릎을 꿇고 앉은 자세로 양지득이 계속해서 곤을 돌리고 있었던 것이다.

장건이 고개를 높이 빼면 머리통이 날아갈 터였다.

장건은 정좌를 하고 있었고 양지득 또한 무릎을 꿇은 자세라 둘은 한 걸음 정도밖에 안 되는 가까운 거리에서 앉은 채로 얼굴을 마주 보는 희한한 꼴을 하게 되었다.

"흐흐흐."

양지득이 느물거리며 웃었다.

"이제 심도 있는 대화를 좀 나눠 볼까?"

장건은 아직 방심할 수 없었다. 하지만 양지득이 공격을 계속할 것 같진 않아서 겨우 한숨을 돌릴 수 있었다.

부웅부웅, 머리 위에선 여전히 곤이 돌아가고 있다.

장건이 뭐라고 말을 하기도 전에 양지득이 말을 툭 던졌다.

"내 딸을 어떻게 생각하냐?"

"……네?"

장건은 뜬금없는 말에 되물었다.

"뭐가요?"

"어허, 이쯤 얘기했으면 눈치가 빡 와야 하는데, 너 지금 일부러 모른 척하는 거지? 반항하냐?"

"반항하는 거 아닌데요. 도대체 아저씨가 누구신데요?"

"마! 너 정도 되는 놈이 내 무공을 보고도 몰라?"

장건은 당연히 모른다.

양지득이 눈살을 찌푸렸다.

"나도 너 때는 어른들한테 반항도 하고 그랬는데, 그게 개길 때랑 안 개길 때랑 잘 판단해야 돼. 안 그러면 개같이 맞기만 하고 좋은 소리는 못 들어. 재수 없으면 인생 조지는 거야."

"……."

"내가 선택의 기회를 주는 거야. 이대로 내 딸하고 혼인해서 아들딸 열쯤 낳고 잘 살래, 아니면 고자가 돼서 평생 기생집 근처도 못 가고 살래?"

"고자가 되면 기생집에 못 가요?"

장건이 워낙 또랑또랑한 눈으로 되물었기에 양지득은 자기도 모르게 대답했다.

"아, 당연하지, 임마. 고잔데 어떻게 기생집을 가."

"고자가 뭔데요?"

"고자가 뭐긴, 고장 난 자……."

대답하던 양지득이 말을 하다가 멈추었다.

뭔가 매우 민망해졌는데 그 순간 '내가 왜 이런 대답을 하고 있지?' 하고 깨달은 때문이었다.

"허? 이 새끼 보소? 이 상황에서도 나랑 장난하네?"

그러다가 양지득은 문득 소림소마가 고자라는 소문이 있다는 걸 깨달았다. 보통 내시들은 남성의 상징을 제거함으로써 초인적인 힘을 가지게 되는 경우가 많은데, 때문에 일부 내시들은 무인보다도 더 고깅한 무공을 가지고 있기도 했다.

"설마 너……."

"몇 번 들어 보긴 했는데 무슨 말인지는 아직도 모르고

신창, 이곳에 잠들다 189

있어요."

장건의 눈빛은 여전히 초롱초롱했다. 양지득은 불현듯 화가 났다. 몇 번 들어 봤다는 말이 더 불안했다.

"안 되겠다. 내 딸을 위해서라도 벗겨 봐야지."

양지득이 으르렁거리며 장건을 노려보았다.

"왜, 왜 그러세요?"

양지득이 한 손을 뗐다. 한 손으로 계속 곤을 돌리면서 다른 손을 자유롭게 뺀 것이다.

다짜고짜 장건의 콧잔등을 향해 주먹질을 했다.

"어차피 네가 달아날 데가 있을 것 같냐!"

장건은 정좌로 앉아 있고 머리 바로 위에선 곤이 돈다. 운신이 자유롭지 못하니 양지득의 주먹질에서 피할 길이 없다. 막아도 소용없다. 이미 양지득은 내공에서 자신이 앞선다는 걸 아까의 접전에서 느꼈다. 퍼붓다 보면 자연히 쓰러지게 될 것이다.

양지득은 공력을 잔뜩 실어 권경을 퍼부었다.

그런데…….

주먹이 모두 빗나갔다.

허공을 쳤다.

장건은 정좌 상태인데? 뛸 수도 없고 움직일 수도 없는데? 맞아야 정상인데?

"어……?"

양지득이 주먹질을 멈추었다.

슬슬슬슬.

장건이 정좌한 자세 그대로 뒤로 가고 있었다.

그걸 걸어가고 있다고 해야 할지 누가 뒤에서 당기고 있다고 해야 할지, 표현은 애매하지만 어쨌든 뒤로 가고 있는 중이었다.

앉아서.

"어어……?"

부웅, 부웅.

하릴없이 곤을 돌리면서 양지득은 장건을 허망하게 바라보고만 있어야 했다.

장건은 어느 정도 떨어지자마자 벌떡 일어섰다.

"제가요, 기다리는 분들이 많아서 진짜 늦으면 안 되거든요. 볼일 있으시면 저 퇴근할 때 오세요. 약속도 없이 사람 막 잡아 두지 마시구요."

장건은 말을 마치자마자 휙 돌아서 가 버렸다. 좀 더 해 보고 싶은 마음도 있었지만 그보다는 당장 주어진 일을 해야 한다는 사명감이 더 컸다.

"……야!"

덕분에 양지득은 혼자 남았다.

"……얌마!"

장건은 이미 멀찌감치 달려가는 중이었다.

뭔가 굉장히 뻘쭘했다. 보통 이런 경우는 없는데…….

양지득은 곧 돌리기를 멈추고 내공을 담아 외쳤다.

"기다리고 있을 테니까 끝나고 국숫집으로 와! 안 오면 가만 안 둬!"

장건이 힐끗 돌아보고는 고개를 끄덕여 보였다.

사실 양지득으로서도 조금 희한한 게, 자기가 쫓아가지 않았다는 점이었다. 보통 때 같으면 쫓아가서 요절을 냈어도 냈을 터였다.

그런데 이상하게 만사가 귀찮았다. 심지어 나른하기까지 했다.

"후아암."

하품까지 나왔다.

"왜 이러지?"

양지득은 하품을 하면서 단봉을 주섬주섬 접어 허리춤에 끼워 넣었다.

그런데 갑자기 이제 뭘 해야 하나 하는 막막한 생각이 들면서 움직이는 것마저 귀찮아졌다.

양지득은 멍해져서 한참을 그냥 서 있었다. 그러고 있는데 헐레벌떡 양소은과 하연홍이 뛰어왔다.

"아빠!"

양지득이 자리에 멈춰 서서 장건과 부딪친 것은 실제로 눈 한두 번 깜박할 정도의 짧은 시간이었다. 양소은이 뛴다고 뛰었으나 시간을 맞추긴 어려웠다.

"게을러터져서는, 쯧."

양소은이 달려와서 양지득을 쨰려보았다.

"지금 뭐 한 거예요?"

"뭐 하긴. 가볍게 '시험' 한 번 했다."

"뭐예요?"

양소은은 길게 한숨을 내쉬었다.

"그래서요. 시험은 통과예요?"

"흥. 어디 양가장의 사위가 되는 게 쉬운 일인 줄 알아? 넌 그냥 참견하지 말고 있어. 내가 다 할 테니. 뭐 하러 오천 냥을 빌려? 아비 얼굴에 똥칠을 해도 유분수지."

양지득은 혀를 찼다.

"후아암."

하품이 나왔다.

"밤에 노숙을 해서 그런가. 왜 이리 졸려?"

양지득이 양소은을 뒤따라 온 하연홍을 보고 물었다.

"아가씨, 방 있지?"

"네? 방은 뭐……."

양소은이 말을 가로막았다.

"없어!"

"뭐?"

"내가 아까 다 예약해 놨어. 방 없어."

하연홍이 싱긋 웃으면서 양소은을 쳐다보자, 양소은이 '두 배!'라고 전음을 보냈다.

하연홍이 그제야 양지득에게 대답했다.

"어쩌죠. 방이 없네요."

양지득은 둘 사이에 오간 수작을 눈치챘지만 따지기도 귀찮았다. 그냥 빨리 어디 눕고 싶었다.

"됐어, 됐어!"

양지득이 짜증을 부리면서 대충 나무 그늘을 찾아 관도를 벗어났다.

"에이, 나쁜 년. 지 시집보내 주겠다는 데도 도끼눈을 하고 지랄이야. 그게 어디 나 좋으라고 그런 거야?"

양지득은 문득 걸음을 멈추었다. 매우 귀찮은 표정으로 멀리 몇몇 가옥과 창고 지붕 위를 쳐다보았다.

"무슨 날파리들이……. 후아아암…… 에이, 몰라! 더럽게 졸리네."

\* \* \*

장건은 수업 내내 집중을 제대로 하지 못했다.

가슴이 두근두근거렸다.

'아, 이러면 안 되는데.'

피가 끓는다고나 할까?

아침엔 어쩔 수 없이 출근 때문에 마음이 급해 피했다지만 저녁에 만나면 제대로 붙어 보고 싶었다.

자꾸만 기대되는 건 어쩔 수 없었다.

이따가는 어떤 무공을 쓸지, 또 그것을 피해 위기를 격파할 수 있을지 여러모로 궁리를 하게 되는 것이었다. 지난번 진산식 때처럼 짜릿한 성취감을 느끼고 싶어진다.

그러다가 이러면 안 된다고 마음을 다잡아도 금세 다시 가상의 대결을 떠올리게 되고 만다.

걱정이 되면서도 한편으로 기대가 되는 달뜬 마음을 장건도 어찌할 수가 없었다. 금강권조차 통하지 않는 고수를 상대로 해서 장건 스스로가 얼마만큼 할 수 있을지 알고 싶었다.

'근데 도대체 누구람? 누군데 갑자기 시비를 거는 거지?'

다시 만나서 겨뤄 보고 싶은 이유 중에는 그 점도 있었다.

\* \* \*

저녁 무렵.

민간인의 복장을 한 공동파의 속가 제자 둘이 서가촌의 한 허름한 뒷골목에서 대화를 나누고 있었다.

"그 말이 정말이냐?"

"예. 그자가 소리치는 것을 똑똑히 들었습니다. 소림소마도 끝나고 국숫집에서 만나겠다고 확답했구요."

"신창인 건 확실하고?"

"확실합니다. 제가 예전에 얼굴을 본 적이 있습니다. 들킬까 봐 급히 뒤로 물러났는데도 나중에 정확히 제가 있는 곳을 쳐다보더군요. 하여 완전히 퇴각했습니다."

"음. 양가의 신창이 왜 소림소마를 붙들고 싸웠을까……."

"어쩌면 신창도 우리와 비슷한 처지가 아닐까요? 가뜩이나 본가의 여식이 소림소마에게 붙어 있지 않습니까. 그러니 양가장의 독문 무공이 새어 나갔을까 우려한 것인지도……."

"그럴 수 있지."

공동파는 과거 홍오가 검왕과의 대결에서 대놓고 제마보를 쓴 적이 있기 때문에 더욱 신경을 곤두세우고 있던 중이었다. 그래서 원호의 서신을 받자마자 충무원에서 가장 가까운 속가의 무관에 연락해 감시를 부탁한 중이었다.

"얼추 퇴근 시간이 되는군. 함께 국숫집으로 가서 추이를 지켜보지. 손님인 척하면 누가 알아보지도 못할 터이고."

"알겠습니다."

공동파의 속가 제자 둘은 태연하고 자연스러운 걸음으로

하연홍의 반점으로 갔다.

그러나 하연홍의 반점은 만석이었다. 사람들이 꽉 차서 국수를 먹고 있었다.

"아, 아니 대체……."

공동파의 속가 제자 둘이 머뭇거리고 있는데 옆으로 보니 줄도 서 있었다. 안에 앉아 국수를 먹고 있는 게 일고여덟 명은 되고 줄을 선 사람도 열 몇 명은 더 되는 것 같았다. 또 일부는 그냥 바닥에 앉아 국수를 먹고 있기도 했다.

하연홍이 안에서 밖을 보고 소리쳤다.

"어휴! 오늘 손님이 왜 이렇게 많지? 밖에 새로 오신 분들은 자리가 없는데요!"

공동파의 속가 제자가 더듬거리면서 말했다.

"우, 우리도 밖에서 앉아 먹겠소. 국수 두 그릇 주시오."

"네! 조금만 기다리세요!"

공동파의 속가 제자가 주문을 하고 나서 줄 뒤로 가 섰다. 그러고는 조심스레 사방을 살폈다.

기이하게도 반점은 매우 적막했다.

사람이 수십 명이 모여 있는데 한 마디도 오가지 않는 모습은 굉장히 괴기하기 그지없었다. 게다가 대부분 혼자 온 손님이었다.

공동파의 속가 제자 둘이 몰래 사람들의 면면을 살펴보는데 밖에서 주저앉아 국수를 먹고 있던 사람 한 명과 눈이 마주쳤다.

그것도 구멍이 난 삿갓 사이로 드러난 눈동자와.

흠칫.

둘이 동시에 놀랐다. 삿갓을 쓴 남자가 매우 어색하게 삿갓을 눌러쓰며 시선을 회피했고, 공동파의 속가 제자도 슬쩍 눈길을 돌렸다. 원래 이런 경우 흠흠, 하고 헛기침을 하면서 어색함을 달래기 마련인데, 그런 것조차 하기 힘들 정도로 반점은 고요하기 이를 데 없었다.

그때 터벅거리는 걸음으로 촌로 한 명이 반점으로 걸어왔다.

"으응? 어이쿠! 출출해서 국수 한 그릇 먹으러 왔더니 뭔 손님들이……. 가만있자, 우리 동네에 왜 이렇게 못 본 얼굴들이 많……."

그 순간 반점 안에 있던 모든 이들의 얼굴이 촌로의 시선 반대 방향으로 일제히 돌아갔다.

"……."

촌로는 말을 멈추고 선 채로 가만히 있었다.

"……."

곧 촌로는 오던 그대로 몸을 돌려 돌아갔다.

\* \* \*

오늘도 충무원의 하루는 별일 없이 지났다.

장건은 하분동과 구이남이 걱정할까 봐 아무 말도 하지 않고 마차가 먼저 가기를 기다렸다가 뒤늦게 퇴근을 했다.

이윽고 장건이 향한 곳은 당연히 하연홍의 반점이었다.

"와아, 오늘 장사가 잘되네?"

장건이 하연홍의 반점에 도착해 바글거리는 사람들을 보고 한마디를 했다.

그 순간 사람들의 시선이 한순간에 장건을 향했다. 대놓고 본 건 아니고 힐끗 본 정도였지만 수십 명이 동시에 보니 굉장히 싸한 기분이 들었다.

장건이 어색해하며 사람들을 둘러보았다.

"아하하……. 그 아저씨는 아직 안 오셨나?"

험상궂은 남자는 보이지 않았다.

하연홍이 땀을 닦으며 나와 장건을 맞았다.

"왔어? 근데 누굴 찾아?"

"응. 아침에 만난 아저씨."

"그 아저씨 왜? 또 만나기로 했어?"

"아직 안 오셨나 봐."

"그럼 이왕 저녁 시간이니까 국수 먹으면서 기다려. 근데 앉아서 먹진 못하겠다. 사람들이 먹고 안 가네."

하연홍이 슬쩍 가시 돋친 말투로 말을 하면서 손님들을 쓰윽 훑어보았다. 손님들이 적다 동시에 고개를 돌려 하연흥을 외면하면서 또 한 번 어색한 분위기가 반점을 휩쌌다.

"괜찮아. 밖에서 먹을게."

장건이 반점에서 그러고 있으니 다른 소녀들도 장건을 찾아왔다.

양소은이 반점의 기이한 분위기를 보고 찔끔했다.

"뭐야, 가게 분위기가 왜 이래?"

분명히 손님들은 다른 사람에게 신경 쓰지 않고 자기 일을 하는 것처럼 보이는데 어쩐지 귀를 쫑긋 세우고 있는 그런 느낌이었다.

백리연과 제갈영도 이상함을 느꼈지만 대수롭지 않게 여기고 넘긴 뒤 장건에게 말을 걸었다.

"왜 인사하러 안 오나 해서 여기까지 왔잖아."

"여기서만 국수를 먹다니, 너무해요. 좀 있다가 우리 가게에서 차도 마시고 가요."

장건이 머쓱해하며 대답했다.

"그게 아니고 약속이 있어서……."

"약속?"

양소은이 미간을 찌푸리며 물었다.

"설마…… 아침에 만난 인간이랑 또 만나기로 했어?"

"어라? 그걸 어떻게 알았대요?"

"하아, 이 인간 진짜……."

양소은은 지끈거리는 머리를 누르며 길게 한숨을 내쉬었

다.

그때 장건이 생각난 것처럼 물었다.

"아, 맞다. 물어볼 게 있어요."

백리연이 가장 먼저 생긋 웃으면서 대꾸했다.

"네, 뭔데요?"

장건이 천진난만한 표정으로 물었다.

"고자가 뭐예요?"

그 순간 백리연이 웃고 있던 얼굴 그대로 굳었다.

반점 안도 혼란에 휩싸였다.

"푸읍!"

"푸우웃!"

멀쩡히 국수를 먹고 있던 손님들이 면발을 뿜고 난리가 났다. 장건이 이상해서 쳐다보니 다들 뿜어낸 음식을 다시 주워 먹으며 멀쩡한 척하려 애를 쓰고 있었다.

"응? 얘기를 다 듣고 계셨나?"

백리연과 소녀들의 얼굴은 완전히 새빨개져 있었다. 양소은조차 당황하고 있을 지경이니 말 다한 셈이다.

"아, 앞에까진 들었는데요, 뒤를 몰라서요. 고장 난 자……."

"푸읍!"

"푸우웃!"

다시 손님들이 난리가 났다. 국물이 튀고 면발이 날았다.

그리고 소녀들은 동시에 외쳤다.
"하지 마!"

\* \* \*

까악까악.
까마귀 소리에 양지득은 잠에서 깨어났다.
"후아아암!"
흙바닥 위에 대충 마른 풀을 깔고 자서 그런지 온몸이 뻐근했다.
그런데도 늘어지게 잤다는 게 신기할 따름이었다.
"끄응……. 간만에 한판 뛰었다고 삭신이 다 쑤시네."
양지득은 일어날 생각도 않고 무거운 눈꺼풀을 들어 올렸다.
칠흑 같은 어둠 속에서 허여멀건 한 엉덩이 같은 달덩이가 보였다. 밤하늘에 별이 총총했다.
"응?"
아직 정신이 바로 돌아오지 않았는지 멍한 느낌이 들었다.
분명히 새벽 아침에 잠이 들었는데 일어나니 밤중이라…….
"내가…… 얼마나 잔 거야?"

양지득은 눈만 깜빡거리다가 불현듯 솟구치는 것처럼 일어났다.

그러고 보니 장건을 만나기로 약속을 했었지 않은가!

"이런 망할!"

어쩌자고 대책 없이 낮잠을 자 버렸을까.

심지어 아무런 경계도 하지 않고?

자는데 누가 와서 목을 땄어도 모를 정도로 깊이 잠이 들어 버리다니, 이게 말이 되나 싶은 것이다. 자다가 비무 약속을 놓쳤다고 하면 도대체 누가 믿겠는가?

하지만 거기에 대해 깊게 생각할 틈이 없었다. 양지득은 번개처럼 뛰어 산을 내려갔다.

약속 장소가 관도 옆에 붙은 반점이니 아무리 어두워도 찾기는 어렵지 않았다.

마을의 불은 다 꺼진 지 오래였는데 다행히도 반점에서는 불빛이 새어 나오고 있었다.

양지득이 당장에 반점의 문을 발로 차고 뛰어들어 가 '그놈은 어떻게 됐지?' 라고 물으려는 찰나, 안에서 양소은의 목소리가 들려왔다.

"내가 진짜…… 그놈의 이빠 때문에 창피해서 못 살겠다……."

멈칫.

양지득은 발을 든 자세 그대로 문밖에 서서 가만히 움직이지 않았다. 약간 혀가 꼬부라진 듯한 목소리로 양소은의 한탄이 계속해서 들려왔다.

"하아…… 하다 하다 이제는 비무 약속까지 어기고 도망을 가? 이럴 줄 알았으면 잔다고 할 때 여기서 자게 냅둘걸 그랬어. 감시라도 하게."

술을 마시는지 '크으!' 하는 소리와 탁, 하고 술잔을 거칠게 내려놓는 소리가 났다.

"누가 아예 안 올 줄 예상이나 했겠어요? 그건 언니 잘못은 아니죠."

"요즘은 비무에 안 나가는 게 유행인가……."

부드러운 미성의 목소리가 양소은을 위로했다.

"비무라고 명확히 말씀하신 것도 아니라면서요."

"하지만 말투는 딱 싸우자는 투였다잖아."

"좋게 생각해요. 괜히 일이 더 커져서 잘못된 것보단 낫잖아요."

"도대체 뭐야? 사사건건 남의 인생에 끼어들어서. 어렸을 때부터 이러면 안 된다, 저러면 안 된다……. 그것도 모자라서 강하게 커야 한다나 그러면서 얼마나 두들겨 팼는지 알아? 하, 내가 진짜 어릴 때부터 팔다리 부러진 게 스무 번이 넘어."

"그래도 언니 생각해서 그러신 거겠지요."

"내 몸의 흉터들을 보고도 그런 말이 나와? 너네 밥 먹다가 밥그릇 떨어뜨렸다고 젓가락에 뒤통수 맞아서 머리 터져 본 적 있어? 내가 왜 그러냐니까 어떤 때라도 방심하면 안 된다나? 아니, 열 살짜리가 신창이 휘두르는 젓가락을 무슨 수로 피하니?"

"저런……."

"이젠 그냥 좀 내버려 뒀으면 좋겠어, 진짜. 야, 오죽하면 내 소원이 뭔지 알아? 아빠보다 센 남자를 만나서 아빠의 그늘에서 벗어나는 거야."

앳된 목소리가 끼어들었다.

"씨이! 그러니까 우리 오라버니를 보자마자 반한 거구나?"

"야, 누가 보자마자 반해? 솔직히 보고 바로 반할 상은 아니다. 좀 보다 보니까 그냥 정이 든 거지."

쪼르륵 술을 따르고 벌컥벌컥 마시는 소리가 들려온다.

"하아…… 그런데 미래의 사위가 될지도 모르는 그런 사람을 두고 이놈저놈 욕을 해 대질 않나. 시비를 걸어 싸우질 않나……. 내가 어떻게 얼굴 들고 장 소협을 보겠어?"

혀 꼬인 목소리가 완전히 풀이 죽어 있었다.

앳된 목소리가 말했다.

"근데 사실 우리가 보기에 너…… 아니, 언니가 잘못한 건 맞지. 아무리 그래도 집안 허락은 받았어야지."

"지금 하는 거 보면 몰라? 그랬으면 내 다리몽둥이기 먼저 부러졌을걸? 나도 너처럼 집에서 전폭적인 지원을 해 주면 얼마나 좋았겠어. 후…… 엄마가 살아 있을 땐 그래도 안 그랬다던데……. 엄마 보고 싶다……."

"치이, 괜히 나까지 눈물 나게……. 내가 진짜 오늘만 하소연하는 거 봐준다. 내일부터는 다시 경쟁자다?"

"고마워서 죽을 지경이다, 이 꼬마야. 이그……."

반점에서 국수를 만들던 소녀의 목소리도 들렸다.

"나도 오늘만 숙박비랑 안주 만든 건 안 받을게."

"에잇! 꿀꿀한 얘기 그만하고 다들 마셔!"

"마셔라! 영이 넌 애니까 차나 마시고."

"어휴! 첩들이 본처를 쫓아내려고 한마음 한뜻으로 작당을 하네? 나도 이제 애 아니거든?"

"요게?"

"아야! 때리지 마! 오늘은 휴전하기로 했으면서?"

어느덧 화기애애한 분위기가 되었다.

"아 참, 있잖아요. 아까 장 소협이 가게를 같이 청소해 준다고 했거든요?"

"뭐? 그랬어요?"

"근데 생각해 보니까 그러면 손님이 안 올 것 같더라고요!"

"당연하지!"

"아마 손님들이 국수 먹다가 배탈이 날 걸요? 막 불안해하면서?"

"그래서 그냥 하지 말라고 했어요. 그랬더니 되게 서운한 표정을 짓더라고요."

"우리 오라버니는 일 못 해서 죽은 귀신이 붙었나 봐."

"맞아, 맞아."

감성이 예민한 소녀들이라 그런지 화제가 돌려지자 금세 까르륵거리면서 수다를 떨기 시작했다.

밖에서 듣고 있던 양지득이 그때까지 들고 있던 발을 내렸다.

얼굴 표정이 침울했다.

양지득은 천천히 가게 주위를 벗어나며 중얼거렸다.

"나쁜 년……. 지 애미랑 똑같이 생겨 가지고서는 하는 짓은 영 반대야."

달빛이 만들어 낸 양지득의 그림자가 어쩐지 쓸쓸해 보였다.

\* \* \*

수많은 눈이 양지늑이 나타나지 않은 것을 보았다. 아무리 비밀을 지키려 해도 알려지지 않을 수가 없었다.

하나 아무도 정확한 이유를 알지 못하고 의혹만 증폭되면서 하릴없이 시간은 흘러갔다.

그리고 며칠 뒤, 양소은은 양지득의 서신을 받았다.

내 딸 보아라.

내가 본가에 촌각을 다투는 급한 일이 있어서 빨리 돌아오느라고 기별을 못 했다. 세간에 뭐 내가 상대가 안 될 것 같으니까 도망갔네 뭐하네 그러는데, 그거 다 개소리고……. 조만간 그중에 제일 시끄럽게 떠든 놈 하나 골라서 조져 줄 생각이다. 검성도 그랬는데 왜들 나만 가지고 그러는가 모르겠구나. 난 그저 얼굴이나 한번 보러 간 거에 불과한데 말이다.

어쨌든 그놈을 보니 생긴 건 비실비실해도 배짱이 있고 무공도 한가락 하더구나. 마뜩잖지만 사위로는 합격이다.

겸사겸사 니가 오천 냥이라는 거금을 아비한테 말도 없이 빌린 것에 대해서도 심도 있는 대화를 하고 싶었다만. 뭐, 총관에게 들으니 원래 딸자식은 다 도둑년이라 그러더구나. 그래서 도둑년의 다리몽둥이를 조져 버릴까 하다가 그냥 참기로 했다.

여하간 나중에 빈손으로 오면 안 참고 조질 테니까, 일단 시작했으면 수단 방법 가리지 말고 남자를 쟁취하거라.

이상. 애틋하게 딸을 생각하는 아비로부터.

"……."

다 읽은 양소은은 한동안 말을 못 했다.

감격했거나 해서 그런 게 아니라 매우 찜찜한 표정이었다.

"아니…… 이게 허락하겠다는 말이야, 조지겠다는 말이야?"

서신 내용에 죄다 조지겠다는 말밖에 없다. 도대체가 딸에게 보내는 편지가 이따위라니…….

그러나 양소은은 한 번도 받아보지 못했던 양지득의 편지에 기분이 묘해졌다.

그것만큼은 부인할 수 없는 사실이었다.

제6장

무당의 선택

무창부는 무한 근처에 있는 가장 큰 관청이다.

무당의 환야 허량은 무창부에 꽤 오래 잡혀 있었다.

자진 출두를 했다고 해도 딱히 고문을 한다거나 한 것도 아니고, 기껏 불러서 질문 몇 가지를 한 정도였다. 그런데도 그냥 하릴없이 한참을 옥에 갇혀 있어야 했다.

그러다가 갑자기 풀려났다. 별다른 조사도 없이 그냥 풀려난 것이다.

하지만 허량은 이 사실을 결코 가벼이 보지 않았다.

허량은 무당산으로 돌아오자마자 장문인을 독대했다.

"고생이 많으셨습니다."

장문인의 인사에도 허량은 고개를 내저었다.

"내 잘못으로 인한 것이니 장문인은 심려치 마시게."

환골탈태한 허량은 새파란 젊은이처럼 보였다. 나이가 들어 주름살이 가득한 장문인이 오히려 존대를 하는 희한한 광경이었다.

"장문, 진지하게 물음세."

"하문하시지요."

"오는 동안 무창부를 둘러보았는데 천라지망을 펼친 흔적이 있더군."

"천라지망을요?"

천라지망에는 어마어마한 인원과 기간이 필요하다. 보통의 준비로 가능한 일이 아니다. 특히나 천라지망은 대량의 희생을 필요로 하는 최악의 방법이기도 하다. 무언가 그만한 희생을 감수할 커다란 일이 있었다는 뜻이다.

"내가 있던 무창부를 중심으로 천라지망이 펼쳐져 있었네. 즉, 밖에서 안으로 있어서 들어오는 것에는 영향이 없으나 안에서 밖으로 나가려고 하면 굉장한 저항을 받게 되는 형태였어."

"사백님을 붙들어 두려 한 것일까요?"

"고작 나 하나를? 뭣 때문에? 그동안 본파가 밉보일 만한 일이라도 했나?"

"그런 일은 없었습니다. 십대 문파 대부분이 은연중에 자중하고 있는 상황이고 저희 또한 대외적인 행동을 자제

하고 있었습니다."

"그래? 흔적을 보아 최근 한 달 정도 사이에 펼쳐졌다가 거둔 것 같았네. 중간에 상당한 고수가 오가고 있음을 느끼기도 했는데 한 번 기척을 눈치챈 이후로 다신 내 거리 안에 들어오지 않더군."

허량이 물었다.

"사정은 오면서 대충 들었지만…… 강호에서 내가 모르는 다른 일이 있었는가?"

"강호의 일이라면……."

장문인이 고심하다가 대답했다.

"최근까지 가장 큰일로, 강호의 정세가 급변한 것을 꼽을 수 있겠습니다. 십대 문파와 팔대 세가가 침묵한 사이 북부에서는 태을문과 은앙종, 서쪽에서는 사천 무인 연합, 동쪽에서는 육검문, 남쪽에서 천룡검문이 크게 일어서고 있지요."

"그런가? 하지만 걔들이 반역을 일으킬 것도 아닌데 무창부를 습격할 일은 없지 않은가."

"그렇지요. 아, 그러고 보니 검성이 검왕과의 비무에 모습을 드러내지 않은 사건이……."

장문인의 인상이 급격히 어두워졌다.

허량이 고개를 끄덕였다.

쉽게 답이 나왔다.

"그거군. 검성을 잡으려는 거였어."

"검왕과의 비무에 검성이 나타나지 않았으니 사백께서 계시는 무창부에 나타날 거라 생각했나 봅니다."

"이놈들……."

허량의 얼굴이 씰룩였다.

"짐짓 물러난 척하고 있었지만 끝난 게 아니었군."

"사실상 그에게는 그럴 만한 이유가 있지 않겠습니까."

종암을 말하는 것이다.

"그렇지. 종암이라면 그럴 만한 이유가 있지. 특히나 내겐 더 그럴 테고."

무당파는 종암에게 있어 철천지원수나 다름없다. 전진파의 유일한 희망이던 종암을 투표에서 내쫓은 데에 무당의 입김이 가장 크게 작용했으므로.

"그렇다면 왜 날 조용히 내보냈을까?"

가만히 생각하던 장문인이 '흐음' 하고 작은 침음을 냈다.

허량이 되물었다.

"왜? 짚이는 거라도 있어?"

장문인은 쓴 미소를 지으면서 되물었다.

"동경이라도 비춰 보시겠습니까?"

잠시 멍하니 있던 허량이 소리를 내어 웃었다.

"크크."

그러다가 물었다.

"그렇게 티가 나나?"

장문인이 한숨을 내쉬었다.

"그럼요. 아까부터 계속 표정은 웃고 계셨으니 말입니다. 누구라도 알 수 있을 겁니다."

"미안하이. 이건 어쩔 수가 없는 거야."

"그렇게 좋으십니까?"

허량은 부끄러워하거나 쑥스러워하지도 않았다. 다만 가슴이 벅차올랐는지 말을 잠깐 골랐을 뿐이었다.

"솔직히 말하자면. 검성이 친구들을 죽이러 다닌다는 얘기를 들었을 때 나도 모르게 '원시천존!' 하고 외쳤다네. 아마도 태상노군께 그때만큼 많은 감사를 드리긴 처음이었을 게야."

보통 사람은 이해할 수 없는 무인의 피.

그것은 저주이면서 축복이고, 숙명이자 환희였다.

장문인이라고 어찌 모를까.

장문인은 꽤 오래 침묵을 지켰다가 입을 열었다.

"관부에서, 아니 종 어사가 바라는 게 그것임을 알면서도 말씀입니까?"

"그러게 말일세."

"그가 원하는 대로 자객 노릇을 하시겠습니까?"

허량은 미미하게 고개를 끄덕이며 조용히 말했다.

"장문, 내 비록 철부지처럼 살아왔고 또 환골탈태라는 천존의 은덕을 입었으나 정신은 온전히 늙은이라네. 이날 이때까지 살아오면서 가장 하고 싶은 일이 무엇이었겠는가."

허량이 잠시 쉬었다가 다시 말을 이었다.

"평범하게 따뜻한 방에서 난로나 쬐며 코흘리개 꼬마 녀석들이랑 군밤이나 까먹고 무공서나 하나 쓰다가 죽어도 좋겠지. 그러나 사실 우리 중 누구도 그걸 원하지 않았네."

"우리라는 건…… 십존을 말씀하시는 거겠군요."

"그래. 우린 말일세, 그랬네. 그렇게 젊은 시절을 보냈어. 싸우고 또 싸웠지. 조그마한 핑계로도 싸웠네. 안 싸워도 될 일도 찾아 싸웠지. 언젠가 더 강한 상대와 싸우기 위해 젊은 시절을 다 보냈다고 해도 과언이 아니었어. 우내십존이란 허명은 그렇게 쌓은 거야."

"그래 가지고 소림사에서는 어떻게 참으셨습니까?"

억울하다는 듯 허량이 언성을 높였다.

"다른 놈들은 다 홍오를 잡아 죽이겠다고 불을 켰는데, 나만 명분이 없었어! 그때 내가 속으로 그놈들을 얼마나 부러워했는데!"

허량은 갈구하는 눈빛으로 장문인을 마주 보았다.

"내 몸에 흐르는 뜨거운 피를 억누르고 산 세월이 육십 년일세. 세상에서 가장 강한 자와 싸우고 싶다는 욕망을 억누르며 그 세월을 참고 살았네. 우리는 늘 싸우고 싶었지만 여건이 되지 못했어. 보지 못했어도 느낌으로 난 그 친구들의 마음을 알 수 있었네. 서로 싸우고 싶어 한다는 걸."

장문인도 우내십존의 마음을 모르는 바가 아니었다.

하지만 우내십존이 사소한 일로 서로 간에 우열을 가리기에 그들은 너무 커져 있었다. 한 명 한 명이 문파를 대신하고 세가를 대신하며 지역과 세력을 대변했다.

미묘한 자존심으로 지켜지고 있는 대문파 간의 균형이 그들의 비무 한 번으로 왕창 흔들릴 수 있었다. 그래서 그들은 최소한 문파를 위해서라도 서로 간에 승부를 할 수가 없었다.

빌미가 필요했다. 싸울 명분이 필요했다.

이를테면 지금처럼 검성의 무의미한 살행을 막아야 한다는 명분 같은 것 말이다.

무당파가 아니라 우내십존으로서, 과거의 친우로서 나설수 있는 자격을 획득한 이때만큼 좋은 기회는 없을 것이다. 아니, 어쩌면 이번이 허량에게는 마지막 기회이다. 소림사의 진산식으로 원하지 않는 은퇴마저 해야 할 지경에 이르렀으니까.

그래서 허량은 절박함을 감출 수가 없었다.

"수십 년 칼을 갈았네. 그럼 써 보고 싶은 게 사람 마음이잖은가. 그것도 이왕이면 아는 놈들 앞에서 써 보고 싶지. 안 그래?"

장문인은 다시 한 번 길게 한숨을 내쉬었다.

"제가 어찌 사백의 마음을 모르겠습니까. 하나……."

"장문! 이 늙은이의 마지막 소원을 끝까지 모른 체하지 말아 주시게!"

누가 봐도 어린 청년이 스스로를 늙은이라고 칭하는 모습에 장문인은 갑자기 웃음보가 터졌다.

"허허. 죄송합니다. 이런 분위기인데도 여전히 적응이 잘 되지 않습니다."

"응? 뭐가 죄송하다는 거야? 죄송한 건 하지 마. 하지 말라고."

"알겠습니다."

장문인이 호흡을 고르더니 말했다.

"본파가 허락한 장문의 유일한 권한으로 그간 사백께 내려졌던 외출 금지령을 해제하겠습니다."

"어?"

"그에 대한 모든 책임은 제가 집니다."

"저, 정말인가?"

"정말입니다. 염려하지 마십시오."

허량은 뛸 듯이 기뻐했다. 드디어 그의 오랜 숙원이 풀렸다.

"원시천존!"

좋아하던 허량이 아이처럼 양팔을 번쩍 치켜든 채 동작을 멈추었다. 허량은 장문인을 의심스러운 눈초리로 쳐다보았다.

"가만? 이거 너무 쉬운데? 장문? 뭔가 이상해?"

"이상하실 것 없습니다. 사실은 이미 생각해 둔 사안이기도 했습니다."

"역시 장문인이여. 고마워. 내 진짜로 믿어도 되지?"

갑자기 장문인이 낮은 목소리로 장중하게 말했다.

"그러나 한 가지는 확실히 해 주셔야겠습니다."

"뭐, 뭐? 어차피 난 말코 도사 아닌가. 무슨 일이든 할 테니 말만 하게."

"말 그대로입니다. 그냥 확실히 해 주시면 됩니다."

허량이 무슨 말인지 몰라 어리둥절한 눈으로 장문인을 쳐다보았다.

장문인은 길게 말하지 않았다.

"장건이란 아이 말입니다."

허량의 눈썹이 꿈틀거렸다.

\* \* \*

허량은 며칠을 본산에서 머물며 정리해야 할 일들을 마무리 짓고는 몇몇에게만 작별인사를 하고 나섰다.

가볍게 무당산을 내려가는 허량의 앞에 멀쑥한데 조금 더러운 늙은 거지가 나타났다. 거지는 길가에 대충 널브러지듯 누워서 일어나지도 않고 허량을 올려다보았다.

허량이 반갑게 인사했다.

"살다 보니 신수가 훤한 거지를 다 보겠구만! 어디의 신입 거지인고?"

흑개가 코웃음을 치며 가래침을 뱉었다.

"카악, 퉤! 누가 신수가 훤한지 모르겠네. 운 좋게 천라지망에서 살아온 말코 도사 놈이 신수가 훤하지 않으면, 다 늙어서 구걸도 못 하는 거지가 신수가 좋다는 거야, 뭐야? 별 개소리를 퉤잇!"

허량은 동전 하나를 던졌다. 흑개는 자기 앞으로 떨어진 동전을 잽싸게 낚아챘다.

그러곤 말했다.

"적선해 줬으니까 말하는 건데, 가지 마라."

허량이 뚱하게 되물었다.

"내가 어디 가는 줄 알고?"

흑개가 콧방귀를 뀌었다.

"킁. 외출 금지령인 놈이 당당하게 산문을 나가는 걸 보면 뻔하지. 아주 신이 나셨는데, 뭘."

"우리 장문 사질도 그러더라고. 내가 워낙 속마음을 숨기지 못하는 정직한 도사라서 말야. 원시천존, 원시천존."

"죽으러 가는 길이 그렇게 신 나냐?"

"내가 죽을 자리를 찾아가는 게 신 나지 않으면?"

흑개가 일어나 앉았다.

"장난으로 하는 얘기가 아냐. 내가 흰소리나 하자고 여기까지 온 줄 알아?"

"나는 뭐 장난인 줄 알아?"

"시체가 없어."

"뭐?"

흑개가 오만상을 찌푸리며 말했다.

"오황과 곽모수, 풍진과 연화사태. 모두 시신의 흔적이 없어."

"그래서 뭐가 말인가? 검성이 데려다가 강시로라도 만들었을까 봐?"

"검성이 소림사에서 일을 치르고 사천에 가는 데 보름이 넘게 걸렸어. 그동안 우리 거지들의 눈에 한 번도 띄지 않았다고. 정말 강시라도 만드는지 몰라."

"그깟 거지들의 눈깔이 뭐 대단하다고. 나도 마음만 먹으면 거지 눈이야 피하고도 남지."

"이런, 젠상! 남이 진심으로 말하고 있는데!"

흑개가 벌컥 화를 내며 말했다.

"시대가 하 수상하니 하는 말이야. 검성은 뭐하고 다니는지 알 수가 없지, 강호에 듣도 보도 못한 놈들이 튀쳐나

무당의 선택 223

와서 대세랍시고 설치지. 이럴 때일수록 원로들이 단단하게 지탱해 줘야 근본이 바로 선다고! 그게 늙은이들이 할 일 아냐? 엉?"

허량은 가만히 흑개를 보았다.

"이봐, 거지."

"왜!"

허량이 의외로 조용한 목소리로 말했다.

"그런 일이라면 지금까지 충분히 해 왔어. 이제 얼마 남지 않은 삶, 나를 위해 좀 살겠다는데, 그게 그렇게 잘못된 일인가?"

"그야……."

흑개가 말을 얼버무리다가 성질을 냈다.

"듣자 듣자 하니까 새파랗게 젊은 놈이 못 하는 말이 없네!"

"껄껄. 조금 전엔 늙은이라면서?"

허량은 흑개에게 동전 하나를 더 던져 주었다.

그러고는 흑개 앞에 쪼그리고 앉아서 물었다.

"돈 줬으니까 하나만 좀 묻자."

"뭘 또 물어?"

허량은 입가에 삐뚤어진 미소를 담았다.

"내가 언강이를 만나기 전에 애 하나를 죽여야 할 거 같은데 말야……."

흑개가 흠칫했다.

잠시 동안 둘은 말이 없었다.

우내십존 중 일인이며 환골탈태에 이르러 그 무위를 측정하기조차 어려운 허량이 죽여야 할 아이.

흑개는 허량을 빤히 바라보고 있다가 입을 열었다.

"그게 무당의 결정인가? 무슨 도사 새끼들이 사람을 함부로 죽이겠다 말겠다 그러고 지랄이래?"

"그런 얘기는 됐으니까, 네 의견이나 얘기해 봐."

"걔 하나 죽인다고 어긋난 강호의 질서가 돌아오겠나?"

"왜? 아냐? 내가 잘못 생각한 거야?"

"뭐 알면서 물어?"

"내가 맞게 생각한 건가 궁금해서."

흑개는 뺨을 긁었다.

"니놈 말이 아주아주아주 정확하게 맞아. 이번에도 걔 때문에 움직인 문파가 확인된 데만 열 군데가 넘었다더구만."

"장문이 그러더라고, 소림 방장이 친히 서신을 보냈대나. 아주 미치겠더래."

"미칠 만하지. 무당의 무공이 어디서 샜는데?"

흑개가 허량을 매우 째릿한 눈빛으로 쳐다보아 허량은 한숨을 내쉬고 말았다.

"그래, 그건 솔직히 내 탓이지. 근데 지가 스스로 배운 걸 나보고 뭐 어쩌라고. 내가 가르쳐 줬나?"

"그렇지. 뭐, 당가의 독선이 사위 삼으려고 독정에 섭절을 내줬겠어? 개방이 무슨 거지 하나 늘리려고 취팔선보를 알려줬겠어? 무당이 소림 제자를 빼 오려고 태극경을 일러 줬겠어? 공동파가 남궁가와 척이 져서 제마보를 가르쳤겠어? 곤륜파는 바깥나들이도 잘 안 하는데 굳이 소림사까지 찾아가 미친놈마냥 천종미리보를 던져주고 왔겠어? 그저 뻔뻔한 검성이나 되니까 애가 탐나서 대놓고 매화검을 사사한 거고. 근데 그 외에 또 뭐가 있는지는 아무도 모르는 거 아냐?"

가만히 듣고 있던 허량이 끙, 하고 신음 소리를 냈다.

"골치 아프구먼."

"지금 다른 문파들도 난리가 났어. 오죽하면 각대 문파 후기지수들보다 그 문파의 무공을 더 잘하는 놈이야."

"그래도…… 홍오 때보단 낫겠지?"

"심하면 더 심했지, 뭐가 나아? 홍오는 그나마 너희들과 어울리다가 타 문파의 무공을 깨친 거고 결국은 소림사에 매인 몸이었잖아. 문각 선사께서 희생해서 놈을 가두기도 했으니 그 정도에서 일이 그친 거지. 근데 걔는 속가 제자야. 금세 밖으로 나간다고."

흑개가 침까지 튀며 열변을 토했다.

"게다가 장건이 애는 윗대에서 무공을 사사한 꼴이 되

는데 다른 애들이 걔를 어떻게 대해야겠어. 하다못해 무당은 어떻게 할래? 사승 관계를 따져 보면 정식 제자는 아닌데 너한테 태극경을 배워 갔잖아. 무당에서도 몇 명 하지도 못하는 거. 그러면 무당 제자들이 나중에 걔를 대할 때마다 골 때려지는 거지. 그러니 장문인이 안 미치고 배겨? 우리 개방만 해도 취팔선보 하는 애들이 손에 꼽는데 걔가 한다고 그래서 아주 난리야."

"으음."

"게다가 나이나 많아? 겉으로 보기에만 젊어 보이는 네 놈과 달리 진짜 어리지. 앞날 창창하지. 이 상태로 세대교체가 진행되면 일인지하 만인지상(一人之下萬人之上)이 나오지 말란 법이 없어."

"일인지하라니? 걔보다 높은 한 명은 누구야?"

"황제. 벌써 관부 쪽에도 인연을 맺은 모양이니까."

"끙……."

"걔는 유수의 전대 고수들에게 무공을 사사해서 강호의 위계를 엉망으로 만든 것도 모자라 관부와도 친하고 머잖아 상계까지 틀어쥐게 될 거야. 이대로라면 너네 우내십존 때보다 강호는 더 심각한 상황에 봉착할 거야. 그게 결코 좋은 쪽이라는 보장은 없을 테고."

허량은 '쩝.' 하고 입맛을 다셨다.

"역시 문각 선배가 뭐라 하든 홍오를 죽였어야 했어. 청산하지 못한 과거가 결국은 발목을 붙드누만……."

흑개가 킬킬댔다.

"그럼 너도 문각 선사처럼 가서 무릎 꿇고 빌어. 제발 무당 무공 좀 잊어 주면 안 되겠냐고. 무당의 질서만큼은 엉망이 되게 하지 말아 달라고."

"그럴까?"

"응."

"진짜?"

"응."

"미친 거지새끼."

"살인광 도사 새끼."

허량이 팍하고 도복을 털고 일어났다.

"나 간다."

"가라, 임마. 죽으러 가는 놈이니까 살아오라고는 안 하마."

"사람은 언젠가 다 죽는다, 이놈아. 어떻게 죽느냐가 문제지. 그래도 뭐가 됐든 너처럼 거지로 죽진 않을란다."

허량이 껄껄 웃더니 손을 흔들며 떠나갔다.

흑개는 고개를 절레절레 저으며 허량의 뒤통수를 한참이나 바라보았다.

\* \* \*

퇴근 후 하연홍의 반점.

하루의 일과처럼 장건과 소녀들이 함께 모인 가운데 양소은이 안절부절못하고 있었다.

양소은은 한참을 끙끙대다가 결국 장건에게 실토했다.

"저기……."

"네? 왜요?"

"미, 미안해!"

"뭐가 미안해요?"

"우리 아빠가 좀…… 막무가내에다 입도 거칠고……. 아무튼 피해를 끼쳐서 미안해."

양소은은 장건의 눈도 제대로 쳐다보지 못하고 쭈뼛거렸다. 그런 모습이 처음이었기 때문에 장건은 물론이고 백리연이나 제갈영, 하연홍도 눈을 휘둥그레 뜨고 놀랐다.

"괜찮아요."

장건이 어색하게 웃으면서 양소은의 사과를 받았다.

한데…….

"아앗!"

제갈영이 갑자기 소리를 질렀기 때문에 다른 이들이 또다시 깜짝 놀랐다.

제갈영은 장건을 가리키면서 소리쳤다.

"얼굴이! 얼굴이 왜 빨개졌어?"

"응?"

소녀들이 보니 정말로 장건의 뺨이 불그스레했다.

장건은 뺨이 조금 뜨끈해졌다고 생각했을 뿐이라 스스로는 모르고 있었다.

제갈영이 따지듯 물었다.

"지금 무슨 생각 했어!"

"나? 난 그냥……."

"사실대로 실토하지 못해?"

"하하……. 그냥 좀 누님이 귀엽다고 생각을……."

늘 건강미가 넘치고 박력 있던 양소은이 우물쭈물하는 모습이 장건에겐 그렇게 보였던 듯했다.

"아아앗!"

양소은을 제외한 세 소녀들이 약간의 위기감을 느끼며 함께 소리를 질렀다.

"분하다."

"그런 거에 약했구나, 장 소협은."

양소은은 뭔가 멋쩍었지만 얼굴에 철판을 깔았다.

"뭐…… 팔색조의 매력?"

제갈영과 하연홍이 '우와!' 하고 손가락질을 했다.

"완전 뻔뻔해!"

백리연이 영민하게 재빨리 양소은에게서부터 다른 데로 화제를 돌렸다.

"교관님들께 들으니 요즘 장 소협이 조금 수업에 집중하지 못한다던데요."

장건이 약간 머쓱해했다.

"네. 소은 누나의 아버님이 자꾸 생각나서요. 굉장히 강했거든요, 그분."

양소은이 조금 우쭐했다. 싫어하는 아버지지만 남이 칭찬해 주는 건 나쁘지 않다.

"뭐, 일단은 우내십존에 버금간다고 하니까."

"그랬구나. 어쩐지 할아버지들하고 분위기가 비슷했어요."

무림에 관한 일이라면 어디서 빠지지 않는 하연홍이 눈을 빛내며 끼어들었다.

"비무할 때 기분이 어땠는지 자세히 얘기해 줘."

"처음에 한 번 기회를 놓치니까 그다음부터는 정신이 하나도 없었어. 조금 막막했다고 할까?"

"기회가 있었어?"

소녀들은 감탄했다. 장건이 괜히 부풀려 말하거나 할 성격이 아니라는 걸 알기 때문이다. 장건이 말하는 기회가 신창 양지득을 쓰러뜨릴 수 있는 기회였을 테니 말이다.

"세상에…… 장 소협의 무위가 벌써 그 정도라니."

"대단하다."

장건은 쑥스러웠다.

"아녜요. 그다음부턴 사실 전혀 기회를 잡지 못했어요. 그래서 다시 비무하게 되면 어떻게 해야 이길 수 있을까 나도 모르게 고민해요. 수업 중에 딴생각을 자꾸 하는 게 그래서 그런 거 같아요."

다른 이가 한 말이라면 어이가 없었을지도 몰랐다. 약관도 안 된 장건이 신창을 이길 방법을 연구하고 있는 것이다.

근데 빠져 있는 게 좀 심각한 지경이긴 했다. 예전에 공명검을 보고 심마에 들었을 때보단 덜 하지만, 뭐랄까…… 마치 뒷간에 갔다가 볼일을 다 보지 못하고 뛰쳐나온 기분이었달까? 그래서 일을 마저 끝내지 못한 찜찜한 같은 느낌이 있달까?

하다 만 기분이란 게 이렇게 사람을 답답하게 만들 줄 몰랐다. 그때 왜 속 시원히 싸워 보지 못하고 피했을까, 하는 후회를 할 정도였다.

양소은이 물었다.

"내가 대신 연습 상대를 해 줄까?"

장건은 '네!' 하고 대답할 뻔했다. 뭔가 시원하게 해 보고 싶은 그런 마음이 꿈틀거렸다.

"저야 고맙긴 한데요. 혹시나 다칠까 봐 걱정이……."

양소은을 제외한 소녀들이 난리를 쳤다.

"지금 소은 언니만 걱정해 주기예요?"

"영이도 걱정해 줘!"

장건은 민망해서 웃었다. 싫지 않은 질투였다.

"아하하……."

그런데 장건은 웃다 말고 그대로 굳어 버렸다.

두……근!

온몸의 솜털이 다 섰다.

장건은 신경이 바짝 곤두섰다.

그동안 죽음의 위기는 수도 없이 넘겼다. 정말 마지막이라고 생각한 때도 많았다.

하지만 이렇게 느닷없이 공포를 느끼긴 처음이었다. 지난번 신창 때도 이렇진 않았다. 얼마나 심각한 위협이 느껴지는지, 머릿속에서 경고의 번갯불이 계속 펑펑 터져 댔다.

장건이 웃음을 멈추고 반점의 문을 쳐다보자 소녀들은 의아해했다. 살기는 오로지 장건에게만 향해 있어서 소녀들은 무슨 일인지 알 수 없었다. 소녀들은 덩달아 문을 쳐다보았다.

반점의 영업을 마치고 문을 닫아 놓아서 따로 올 사람은 없었다.

한데 잠시 후 문밖에서 덜그락거리는 소리가 들려오기 시작했다.

질질 끄는 소리 비슷한 것도 나고 연신 짤랑거리는 쇳소리도 났다.

무당의 선택 233

묘한 긴장감이 감돌았다.

얼마 지나지 않아 곧 문을 열고 멀쑥한 청년 한 명이 반점으로 들어왔다.

그 순간 살기가 씻은 듯 사라졌다.

청년은 말끔한 옷차림에 머리를 상투로 틀어 올려 단정해 보였는데 어울리지 않게 굉장히 큰 포대를 어깨에 짊어지고 있었다.

살기가 사라지고 청년의 얼굴을 확인하자 장건은 겨우 숨을 돌렸다. 하지만 여전히 긴장은 사라지지 않았다.

반점의 주인인 하연홍이 일어나서 말했다.

"어쩌죠? 오늘은 장사 끝났는데요."

멀끔하게 생긴 청년이 반점에 있는 소녀들을 보며 갑자기 반색을 했다.

"아니? 그때 그 이쁜이들 아니신가!"

"응?"

청년이 넉살 좋게 아는 체를 했다.

"두 사람이 보이지 않는데…… 아, 맞다. 둘은 집에 갔지? 어이구…… 역시 요즘 애들은 성장이 좋아서 그런가, 안 본 사이에 더 발육이……."

백리연과 양소은, 제갈영은 이유를 알 수 없는 오한을 느꼈다.

"네?"

"저희 아세요?"

"알다마……."

말을 하던 청년이 장건과 눈을 마주치더니 갑자기 우물거렸다.

사실상 소녀들을 알고 있는 건 청년뿐이다. 그것도 매우 묘한 장소에서, 그녀들을 살짝 엿보았었다. 그러니까 알고 있는 것이다.

"으하하……."

"……?"

"어, 그게 그러니까……."

"뭐야, 너?"

양소은이 경계하며 매우 미심쩍은 얼굴로 다가갔다. 백리연도 도주로를 차단할 생각인지 슬쩍 옆으로 돌아가고 있었다.

"어허? 너라니? 말이 심하구만, 소저."

"우리를 어떻게 안다고요?"

"난 당신을 모르는데 당신은 날 어떻게 알아. 그리고 빠졌다는 둘은 누구야?"

"흠흠. 이러지들 말고……. 내가 무슨 얘기를 하고 싶었냐면……."

난감해진 청년의 이마에 살짝 식은땀이 배었다.

청년은 갑자기 크게 웃었다.

무당의 선택 235

"으하하핫!"

그러더니 짊어지고 있던 포대를 땅에 떨어뜨렸다.

쿠—우웅!

바닥이 부서져라 진동이 울리고 짤락거리며 쇠끼리 부딪치는 소리가 귀청을 때렸다. 양소은이 포대의 무게에 놀라 주춤거렸다.

"뭐, 뭐야?"

청년이 허리에 손을 얹고 크게 외쳤다.

"내가 무당파의 허량이다—!"

소녀들이 침묵하며 청년을 빤히 보았다.

하지만 그것도 잠시.

양소은이 팔을 걷어붙이고 금방이라도 달려들 태세를 취했다.

"뭐 이런 미친놈이 다 있어? 그래서 어쩌라고, 어?"

장건이 조용히 말했다.

"맞아요. 그분, 환야라고 하시는 분이에요."

흠칫.

장건이 인증한 환야라면 우내십존밖에 없다!

"어……."

"환골탈태했다는 소문이 진짜……였어요?"

허량이 고개를 끄덕였다.

"그렇다니까. 얘들아, 나 진짜 맞아."

생긴 것 자체는 평범하기 때문에 한두 번 봤어도 금세 잊어버릴 얼굴이었다.

청년 허량은 '험험' 하고 헛기침을 하더니 억지로 뻘쭘함을 감추며 슬쩍 자리에 앉았다.

"배가 고픈데 일단 국수부터 한 그릇 내 주지 않겠니?"

하연홍은 고민도 않고 대답했다.

"장사 끝났는데요."

"……."

허량이 고개를 휘휘 저으며 답답함의 한탄을 내뱉었다.

"어려 보이니까 이런 꼴을 다 당하네. 내가 얼른 죽든가 늙든가 둘 중 하나는 해야지, 서러워서 원……."

하연홍이 지지 않고 대꾸했다.

"정말로 무당파의 환야 어르신이라면 어린 소녀를 겁박해서 없는 국수를 만들어 오라고 하시진 않을 거 같아요."

"그래그래. 뉘 집 자식인지 참 똘똘하구나. 니 말이 맞다. 내가 뭐 좋은 일로 왔다고 국수를 얻어먹겠어?"

좋은 일이 아니라고?

장건이 물었다.

"무슨 일로 오셨는데요?"

허량은 자리에서 일어나며 대답했다.

"잘못 뿌린 씨를 거두러 왔지."

소녀들이 움찔했다. 장건도 마찬가지였다. 대체로 씨를

거둔다는 말을 하는 사람 치고 좋은 의도로 온 사람이 없었다. 눈치만 봐도 장건 때문에 왔다는 걸 알 수 있었다.
"잠깐만요!"
백리연이 나서서 뭔가 말하려고 했는데 허량이 가볍게 손을 내저었다. 백리연은 뭔가에 떠밀려서 의자에 주저앉았는데 입만 뻥긋거리고 말을 하지 못하였다. 다친 데는 없었지만 몸을 움직일 수 없어 어안이 벙벙했다.
허량이 장건을 보며 말했다.
"애야, 따라 나오너라. 여긴 너무 좁구나."
역시나 그게 목적이었던가?
장건이 되물었다.
"싸우러 오신 건가요?"
허량이 픽 웃었다.
"우리 장문인이 그러더라고. 확실히 해 달라고. 그래서 확실히 하러 온 거야."
소녀들은 불길함을 느꼈다. 위험한 말들을 아무렇지도 않게 말하는 게 더 으시시했다.
"장 소협! 따라가면 안 돼요!"
백리연을 제외한 소녀들이 외쳤다. 허량이 다시 한 번 부채를 부치듯 손을 휘젓자 반점 안은 금세 조용해졌다.
실로 엄청난 경지의 점혈술이었다.
"내가 내 볼일을 보러 왔다는 데 누가 감히 막으려 드느냐?"

 조금 전 실실거리던 허량의 모습이 아니었다.

 거대한 기운이 그의 몸에서 뿜어져 나와 반점 안을 가득 압박했다. 책상과 의자들이 달그락거리면서 떨었다. 집 전체가 웅웅거리며 신음을 지르는 것 같았다.

 네 소녀들은 말도 못 하고 숨쉬기까지 곤란해져 점점 안색이 파래져 갔다.

 "그만 하세요."

 장건이 주먹을 불끈 쥐고 허량을 쳐다보았다.

 "그러니까 좋은 말로 할 때 따라 나오라고 했잖아. 괜히 애들 다칠까 봐 신경 써 줬더니 주제도 모르고……."

 장건은 울컥 화가 치밀었다.

 "갈게요."

 "진작 그럴 것이지."

 허량이 기운을 거두었다.

 쩔럭쩔럭.

 허량이 무거운 포대를 가볍게 짊어지고 먼저 문을 나섰다.

 장건은 허량을 따라 일어났다. 소녀들에게 걱정하지 말라는 눈짓을 했다.

 소녀들은 차마 말은 못 하고 서로 안타까운 얼굴로 쳐다보기만 했다.

장건이 자신들을 위해 나서 주었다는 건 분명 기분 좋은 일이었다. 하지만 방금 소녀들은 장건의 얼굴에서 기이할 정도의 흥분을 발견했다. 마치 누가 시비를 걸어 주기라도 바란 것처럼.

그래서 더 걱정이 되었다.

장건을 보호하기 위해 힘들게 짜낸 원호의 계획.
'아예 장건을 드러낸다'는 건 굉장한 발상이었다.
그러나 원호의 의도가 완전히 성공했다고는 볼 수 없었다. 물론 수많은 감시의 눈을 붙임으로써 정체를 숨기고 싶은 비밀 세력으로부터는 장건을 보호할 수 있었겠지만, 지금의 허량처럼 당당하게 모습을 드러내고 나타나는 이들에겐 별다른 효과가 없었던 것이다.

물론 신창 양지득 혹은 환야 허량이나 되니까 거리낌 없이 나타날 수 있는 것이기도 했지만…….

밖은 벌써 어둑했다. 땅거미가 진 지 한참이나 지났다.
허량은 미리 봐 둔 데가 있었는지 관도를 벗어나 걸어갔다.
가다가 중간중간 서서 어딘가를 빤히 쳐다보는데, 그때마다 인기척이 하나씩 사라지는 걸 장건도 느낄 수 있었다.
살기를 쏘아 내서 가까이 오지 못하게 하는 것이다.

몇 번을 그러다가 허량은 약간 외진 공터까지 장건을 데리고 갔다.

그리고 그 가운데에 서더니 졸졸 따라온 장건을 돌아보았다.

"거 되게 거슬리는구나. 자꾸 이 어르신의 뒤통수를 향해서 슬쩍슬쩍 투기를 뿜어내는데…… 너는 내가 실실 웃고 다니니까 우습게 보이냐?"

장건은 뜨끔했다. 그러나 그건 허량을 우습게 봐서는 아니었다.

신창과의 하다 만 대결이 지금에까지 영향을 주고 있는 것이다.

자기도 모르게 몸이 뜨거워지면서 참을 수 없이 싸우고 싶다는 생각이 들었다. 눈앞에 있는 허량이라면 장건이 온 힘을 다해 맞서도 될 것이기 때문이었다.

"아주 싸우고 싶어서 안달이 난 눈빛이구만. 너도 참 어지간한 놈이다."

허량이 살아온 세월이 일 갑자 반이다. 장건의 상태에 대해 모를 수가 없었다. 무당파에서 포섭한 충무원의 수련생들을 통해 장건의 상태도 알았다. 신창을 만난 후로 늘 어딘가 부족해 보이는 얼굴을 하고 있었다고.

그 마음을 어찌 모를까.

자신 역시 과거에 그러했고, 지금도 그러한데. 검성도 그렇고 검왕도, 또 다른 우내십존들 역시 마찬가지인데.
"무공을 배운 자는 벗어날 수 없는 천형(天刑) 같은 것이지."
결국은 그 얘기였던가…….
장건은 부정할 수 없다는 걸 알고 있었다.
"하지만…… 전 무인이 되고 싶지 않았어요."
"니가 무공을 배우기 시작한 때부터 이미 무인이었는데 이제 와서 아니라고 하면 바뀐단 말이냐?"
"저도 알지만 그건 제가 원한 게 아니에요."
"도대체 원호 방장이 무슨 생각으로 너를 밖으로 내보낸 건지 모르겠구나. 아무리 산에서 키웠대도 이건 완전히……."
허량은 답답하다는 듯 고개를 저었다.
"하기야 속가이니 언젠가는 강호로 나가야 할 테고, 그럴 바엔 지금 내놓는 게 낫다는 판단이 이해는 된다. 근데 그럴 거면 정리를 좀 해야지, 자기 혼자 편하자고 정리도 안 해 놓고 무책임하게 내놓으면 개판밖에 더 돼?"
"지금 뭘 걱정하시는 건지 잘 모르겠는데요."
"아니, 난 니가 앞으로 어떻게 할 건지 물어보려고 왔거든? 그런데 이건 뭐 물어봐야 소용없을 것 같으니 화가 나서 그러는 게다."
"앞으로 어떻게 하다뇨?"

"그래, 니가 그렇게 물을 줄 알았다. 혹시 네 주위에 이상한 사람들이 잔뜩 붙어 있는 건 아냐?"

"멀리서 지켜보는 사람들이 좀 있는 건 알아요."

그러니까 아까 그들을 허량이 쫓아낼 때 알 수 있었던 것이다.

"알어? 근데 왜 그냥 냅둬?"

"그렇다고 절 귀찮게 하는 것도 아니고 해서요."

"사람들이 왜 널 지켜보고 있는가는 알고?"

장건은 대답을 하지 못했다.

"이러니까 내가 소림사가 답답하다는 거야. 애가 모르면 알려 줘야지. 마냥 모르도록 내버려 두고 있으면 그게 해결이 돼?"

허량이 가져온 포대를 뒤엎었다.

와르르!

철그럭 철그럭.

포대에서 온갖 쇠붙이들이 다 쏟아져 나왔다.

어디 대장간이라도 털었는지 자루도 안 달린 호미, 낫, 괭이, 송곳, 쐐기, 도끼, 칼…… 등이 수북하게 쌓였다. 하나같이 손잡이는 없고 쇳덩이 부분만 가득하다.

무게가 수백 근은 족히 되어 보였다. 저걸 도대체 어떻게 들고 왔는지 신기할 지경이었다. 물론 장건도 들라고 하면 들 수는 있겠지만 말이다.

무당의 선택 243

허량이 쌓인 쇳덩이를 발로 툭툭 차면서 보고만 있자 장건이 물었다.

"뭐…… 하세요?"

"잠깐 대화를 해 볼까 하고."

"대화하려는 거 같지 않은데요?"

"준비하는 거야. 미리."

어딘가 모르게 섬뜩했다.

"내가 아까 말했지. 너 앞으로 어떻게 할 거냐 물어보러 왔다고."

"네."

"어째서 네 주변에만 유독 사람이 몰릴까? 그건 강호 무림이 너를 주목하고 있으니까 그런 거야."

그제야 장건도 짚이는 데가 있었다.

"무공 때문인가요?"

허량은 코웃음을 치며 장건을 쳐다보았다.

"그래, 정확히 말하자면 홍오 때문이지. 니가 홍오의 무공을 사사했기 때문에 시작된 일이지. 하지만 네가 남의 문파 무공을 허락 없이 익히고 있는 것도 사실이니까. 무공은 자존심 같은 거다. 그런데 네가 그걸 본래 주인보다 잘하면 주인은 기분이 나쁘겠지?"

"하지만 제가 원해서 배운 게 아닌 걸요."

"어쩔 수 없지. 니가 고의든 아니든 상대방은 기분이 나쁘니까."

신창 때에도 들었던 얘기라 뭔가 억울한 기분이었다.

"거기다 니가 투사학예를 한다면서? 그게 사실 다른 문파에는 굉장한 위협이 되는 거거든. 물론 니가 투사학예를 하는 게 이치에 맞긴 하다만."

"이치에 맞는데 뭐가 문제인가요?"

"그래, 잘 짚었다. 그게 바로 니가 주목받는 실제적인 이유가 되는 거야. 그저 기분이 나쁜 정도가 아니라 또 다른 이유가."

허량이 날카로운 눈으로 장건을 쳐다보았다.

장건은 자기도 모르게 마른침을 삼켰다.

"강호가 너를 주목하는 실질적인 이유. 그건 말이지, 이제 다음 세대의 막이 열리기 시작했기 때문이다."

"그게 저랑 무슨 상관인데요?"

장건은 아직 이해하지 못했다.

"강호에서 새 시대의 막이 열렸다는 게 무슨 뜻이겠느냐? 새로운 사람, 새로운 유행들, 그에 맞추어 새로운 무대가 열린다는 게다. 그리고 모두가 그 새로운 무대의 주인공이 되기 위해 안간힘을 쓰는 중이지."

허량이 계속해서 말했다.

"그 새로운 세상에서 네가 가장 위험한 경쟁자니까, 라고 하면 이해하겠냐?"

"말도 안 되는 소리예요."

"싫든 좋든 강호는 강자의 논리로 돌아가는 곳이다. 누가 얼마나 강한가가 곧 강호의 질서가 된다. 그럼 앞으로의 강호에서 누가 질서를 좌지우지할 수 있게 될까?"

허량도 딱히 장건의 대답을 기다리는 게 아니었는지 그냥 말을 이었다.

"사람들이 그걸 너라고 생각한단 뜻이야."

장건은 갑자기 콱 숨이 막혔다. 허량의 말에서 느껴지는 부담감 때문이었다.

"모두가 너를 눈여겨보는 이유는 네가 어떻게 하느냐에 따라 미래의 강호가, 강호의 질서가 달라지니까 그런 거란 말이다."

아직 강호에 익숙하지 못한 장건으로서는 받아들이기 쉽지 않은 얘기였다.

"네가 별것도 아닌데 검성이 네게 화산의 보검과 검을 전수했을까? 중군도독부가 굳이 너를 달라고 했을까? 심지어 나도 그 때문에 너를 만나러 온 것이다만?"

"어르신은 왜요?"

"네가 무당파의 앞길에 방해가 될지 아닐지 판단하기 위해서다."

"방해가 되면요?"

허량은 말없이 발 앞에 놓인 쇳덩이들을 발로 툭 차 보였다.

뾰족하고 날카로운 날붙이들.

그걸로 대체 뭘 할지 알 수 없었지만 그 행동만으로도 의미는 명확했다.

"내가 어쩔 것 같으냐?"

제7장

태극대합일

 이제껏 장건은 미래에 대해 생각해 본 적이 없었다.
 그냥 무사히 집으로 돌아갈 수 있기만을 바랄 뿐이었다. 부모님이 정해 준 배필을 만나 혼인하고, 가업을 물려받아 상인이 되는 걸 당연하게 여기고 있었다. 그래서 딱히 미래를 궁금해하거나 꿈꾸거나 할 필요를 느끼지 못했다.
 소림사에서 산 십 년은, 어쩌면 장건에겐 잠깐 다른 삶을 살아 보는 정도에 불과했다. 대로를 가다가 다리가 무너져서 샛길로 돌아간 것과 비슷했다. 잠시 다른 길로 가지만 결국은 원래의 길로 돌아가는 거라고 믿었다.
 장건에게 닥친 수많은 일들은 평범한 상인 집안의 아이로서 감당하기엔 너무나 힘겨웠다. 집으로 돌아가는 것만이 삶의 전부라고 믿고 살아야 할 만큼 버티기 어려운 일들의 연속이었다.

버티고 버텨 여기까지 왔다. 이제 돌아가는 날까지도 얼마 남지 않았다.

그 와중에 허량이 던진 몇 마디 단어들.

**새 시대. 앞으로의 강호.**

장건은 불현듯 '이후'를 생각해 볼 수밖에 없었다.

소림사의 밖으로 나간 후에는 어떻게 될까?

막상 집으로 돌아가면 어떻게 될까?

과연 그때엔 지금까지 겪었던 일들을 다시 겪지 않게 될까?

어느 날 갑자기 누군가가 칼을 들고 나타나지 않으리라는 보장이 있는 걸까?

누군가 독을 풀거나 귀찮게 굴거나 하는 일은 일어나지 않게 될까?

소림사에서 집으로 돌아가는 순간에 모든 일에서 벗어날 수 있게 되는 걸까?

정말로?

쿵쿵! 심장이 뛰었다.

장건은 진실을 마주할 수밖에 없었다.

집으로 돌아가면 모든 일에서 벗어날 수 있으리라 막연하게 믿었던 이유는 바로…….

가족이었다.

아버지! 혹은 가족의 울타리에서 안전하게 살아갈 수 있으리라 생각했던 것이다.

그러나 더 이상은 아니었다.

가족이란, 돌아갈 집이란 더 이상 장건을 보호해 줄 수 있는 곳이 아니었다.

그동안 장건을 찾아왔던 사람들, 얼마 전의 신창 양지득이나 지금의 환야 허량 같은 사람들이 찾아오면 장건의 가족은 그들로부터 장건을 보호해 줄 수 없다. 호위 무사가 몇이 있든 소용없다는 걸 안다.

그렇다. 이제 가족은 장건이 기댈 대상이 아니다. 오히려 장건이 보호해야 할 대상인 것이다.

갑작스럽게 몰려든 부담감에 장건은 길게 심호흡을 했다.

책임감이 결코 가볍지는 않았다. 그러나 가족을 지키겠다는 마음은 어릴 때부터 지금까지 한결같다.

장건이 소림으로 보내지게 된 이유도 가족을 위해서였으니까.

가족이 다 죽는다고 해서 소림에 와 있었으니까.

그러니 변한 건 아무것도 없다. 다만 어릴 때와 다른 건 스스로 지켜 낼 수 있는 힘이 생겼다는 것뿐이다.

"그래, 그래서였구나."

장건은 이해했다.

늘 던졌던 '왜?'라는 질문의 답을 허량에게 듣고 나서 속이 뻥 뚫린 기분이었다.

장건은 허량을 가만히 쳐다보았다.

그리고 물었다.

"제가 어떻게 하면 되는데요?"

허량의 표정이 기묘하게 변했다. 허량은 장건의 분위기가 달라진 것을 눈치챘다. 싸우고 싶어 하는 투기는 여전히 그대로인데, 어딘가 모르게 한결 성숙해진 느낌이 든다.

"네가 선택할 수 있는 건……."

"아뇨, 그게 아니구요."

장건이 허량의 말을 끊었다.

"어르신 얘기를 들으니 앞으로도 많은 사람이 절 찾아올 거 같은데요. 자꾸 찾아와서 시비를 걸지 않게 하려면 제가 어떻게 해야 하냐구요."

허량은 어이가 없어 물었다.

"내가 시비나 걸러 와 있는 것처럼 보이느냐?"

"제 입장에선 지금도 시비예요. 하지만 그걸 묻는 게 아니잖아요."

장건이 또박또박 말을 이었다.

"전 누군가에게 주목받고 질서를 어떻게 하고, 그런 걸 원한 적이 없었어요. 단 한 번도요. 그리고 그건 앞으로도 마찬가지예요."

"네가 가만히 있겠다 하더라도 남들이 널 가만히 두지 않을 거라고 방금 알아듣도록 말하지 않았느냐."

"네, 그러니까요. 그러니까 제가 어떻게 하면 되죠?"

"흠."

허량은 장건을 빤히 보았다.

"사람들이 찾아와 시비 걸지 않는 법을 알려 달라고?"

"네."

허량의 입가에 비릿한 미소가 떠올랐다.

어리버리한 것 같더니 아주 그렇진 않은 모양이다.

원래 세상일이란 게 그런 건지도 모른다. 늘 같은 건 없다. 세상은 변한다. 옛말에 소년이 어느새 어른이 되어 있더라, 하는 얘기 같은 것도 괜한 말이 아니듯.

하나 스스로 말했던 것처럼 마냥 대견해하고 있을 처지가 아니었다.

허량은 서서히 공력을 끌어 올렸다.

"내게서 그 대답을 들을 자격이 되는지 증명해 봐라."

주변의 공기가 무겁게 변해 갔다.

장건 역시 가만히 있지 않고 공력을 마주 끌어 올렸다.

허량이 발을 힘차게 굴렀다.

쿠—웅!

앞에 놓여 있던 어마어마한 양의 날붙이들이 일제히 떠올랐다.

장건은 자기도 모르게 어깨에 힘이 들어갔다.

시작이다.

장건에게 있어서는 이것이 자신의 한계를 알아보는 일종의 시험이었다. 신창 양지득에게서 확인하지 못했던 자신의 한계. 이제 자신의 힘이 어디까지 통할 수 있을지 알게 될 터였다.

장건은 허량의 움직임에 집중했다.

허량이 팔을 펼치더니 빙글빙글 돌리기 시작했다.

뭘 어떻게 했는지 날붙이들이 둥실둥실 떠올라 가슴 앞에서 모인다. 허량은 계속 원을 그리고 돌면서 양손을 연신 휘저었다. 그러다가 뒤에서부터 앞으로 쭉 손을 내밀었다.

촤라락!

날붙이들이 마치 사람의 팔 모양처럼 붙어서 이어지며 장건을 향해 날아들었다. 가장 앞에는 도끼머리가 붙어 있었다.

이미 대비는 충분히 하고 있었기에 장건은 옆으로 한 뼘 정도 움직여서 도끼날을 피했다.

허량이 양팔을 당겨 끌어모으는 자세를 취하자 날붙이들은 강한 인력(引力)에 끌려 회수되었다.

차라락!

쇠끼리 부딪치는데 희한하게도 쇳소리가 별로 나지 않고 부드러운 소리를 낸다. 둥글게 말린 날붙이가 허량의 몸짓에 따라 다시 움직인다.

호미와 송곳이 끝에 붙어 있는 날붙이의 연결된 덩어리가 주먹질을 하듯 장건의 머리를 친다. 조금 빨라졌지만 못 피할 정도는 아니다. 장건은 가볍게 허리를 숙여서 날붙이들을 피해 냈다.

두세 번의 공격이 더 있었지만 위협적이지 못했다. 칼날과 도끼날, 낫 등으로 엉겨 붙은 덩어리라고 해도 속도가 빠르지 않아 충분히 피할 수 있다. 아무리 날이 예리하더라도 닿지만 않으면 된다.

장건의 입장에서는 왜 허량이 이런 쓸데없는 짓을 하는지 의심스럽기까지 했다.

장건의 마음을 읽은 것처럼 허량이 말했다.

"별것 아닌 것 같지?"

허량이 호흡을 내뱉으며 한 손을 위로 향했다가 밑으로 눌렀다. 마치 허량의 앞에 조종당하는 철 인형이 있는 것 같았다. 둥그렇게 모여 있던 날붙이가 쭉 이어지며 위로 뻗었다가 그대로 장건을 내리찍었다.

장건은 옆으로 반 보를 훌쩍 미끄러지듯 이동했다. 원래 서 있던 자리에 날붙이들이 그대로 내리꽂혔다.

콰지직!

그 순간 얼기설기 붙어 있던 날붙이들이 땅에 부딪힌 충격 때문인지 사방으로 튀었다. 그것도 덩어리로 붙어 있어서 날아올 때하고는 비교할 수 없이 빠르게.

"앗!"

거의 눈앞에서 암기가 쏟아진 형국이었다. 장건은 너무 놀라서 머릿속이 새하얗게 변했다.

급하게 몸에 익은 대로 신법을 펼쳐서 움직였다. 날아오는 날붙이들의 속도 차를 이용해서 피할 수 있는 만큼 피해 냈다. 장건은 몸이 서넛으로 분리된 것처럼 빠르게 움직였다.

획획! 정신없이 날붙이들이 스쳐 지나갔다.

피하지 못할 것은 기의 가닥을 뻗어 쳐 냈다. 시퍼런 날이 번뜩이는 날붙이들이라 차마 손으로 쳐 낼 생각은 들지 않았다. 날붙이들에 공력이 깃들어 있었는지 기의 가닥으로 쳐 내는 데도 조금씩 충격이 전해져 왔다.

찰나에 거의 스무 개 정도 쏟아진 날붙이를 다 피해 냈는가 싶었는데……

퍽!

장건의 눈앞에 피가 튀었다.

어질거렸다. 머리통을 둔탁한 무언가에 세게 얻어맞은 것 같았다.

너무 정신이 없어 하나 놓친 모양이다.

이마에서부터 뜨거운 피가 한 줄기 주룩 흘러내렸다.

정신이 잠깐 혼미해졌다가 번쩍 들었다.

'방심하면 죽는다.'

장건은 기의 가닥을 이용해서 눈에 흘러드는 피를 닦아 낸 후 앞에 있는 허량을 쳐다보았다.

허량은 무덤덤한 듯 보였으나 표정에서 어딘가 모르게 섬뜩할 정도의 결기가 느껴졌다.

'진짜 죽일 생각이야.'

무공의 세계란 그러하다.

그래서 장건은 참 이 세계에 익숙해지지 못했다.

아무렇지 않게 사람을 죽이겠다고 달려드는 세계가 무섭고 이상하기만 했다.

한데 지금은 다르다. 무섭지만 한편으로 이 세계에 남아 있으려는 자신을 발견할 수 있다. 마치 칼날 위에 서 있는 느낌이다. 조금만 실수해도 죽을 수 있는 위험한 처지다. 그럼에도 때때로 너무 즐겁고 흥분되기까지 해서 장건을 곤란하게 만들기도 한다.

굳이 말하자면, 지금이 그러하다.

장건은 심장이 두근대는 걸 느끼며 천천히 호흡을 했다.

피해 내지 못할 것 같던 공격을 피해 낸 데 대한 어떠한 성취감 같은 것이 전신을 찌릿하게 만들었다. 비록 한 대

얻어맞긴 했지만, 겁이 나긴커녕 오히려 피가 뜨거워졌다.

하지만 아직 끝나지 않았다.

날붙이들이 좀 날아갔어도 아직 많이 남아 있다.

재차 날붙이를 끌어모은 허량이 이번엔 장풍을 쏘아 냈다. 덩어리로 모아 치는 게 아니라 날붙이들을 암기처럼 날리고 있었다.

뭉툭한 망치 머리 같은 것도 있지만 대부분이 뾰족하다. 특히나 긴 칼날이나 꺾인 삼지창처럼 생긴 쇠스랑은 보기만 해도 공포스러웠다.

휙! 휙!

장건은 날아드는 커다란 쇠못과 창날을 피했다. 예리한 날붙이가 몸 가까이를 스쳐 가는 건 굉장히 섬뜩한 일이었다. 등줄기에도 살짝 땀이 배었다.

허량은 딱히 맞추겠다는 생각이 없는 듯 대중없이 마구 날붙이를 던져 댔다. 장건이 피하긴 했지만 일부는 피하지 않아도 맞지 않을 정도로 빗나갔다.

부웅부웅!

허량은 수백 개의 날붙이들을 순식간에 날리고는 크게 팔을 휘젓다가 부보의 자세로 한쪽 발을 쭉 뻗으면서 땅을 밟았다.

두웅!

지면이 크게 출렁였다.

흙의 파도가 사방으로 퍼져 장건의 발밑마저 흔들고 지나갔다. 날붙이를 모두 피해 낸 장건은 살짝 중심을 잃고 휘청거렸다.

그야말로 어마어마한 내공이었다.

거의 햇빛이 남아 있지 않은 허여멀건 한 달빛 속에서 뿌연 흙먼지가 일었다.

허량이 양손을 앞으로 밀어낸 채로 가만히 있었다.

무엇을 하는 건지 알아챌 수 없었지만 장건은 머리칼이 쭈뼛 서는 것을 깨달았다.

현재는 안법을 써서 시야를 넓게 퍼뜨린 상태다. 그러나 아무것도 눈에 보이지 않는데 위험이 감지된다는 것은 이상한 일이다.

장건은 급히 족궐음간경의 경락을 통해 안법을 암법(暗法)으로 바꾸었다. 장건이 기(氣), 특히 위기의 덩어리를 볼 때 쓰는 방법이다.

"아……!"

암법으로 전면을 본 장건은 숨이 막히는 것 같았다.

수없이 많은 가느다란 기(氣)의 선이 뻗어 있다. 허량에게서 장건을 향해 무수한 선이 그려져 있다. 그러나 이것은 윤언강의 공명검이 그리는 선과는 다르다. 선이라기보다는 줄[繩]에 가깝다. 그물처럼 촘촘하게 줄이 이어져 장건을 그 안에 가두고 있는 기의 망(網)이다. 기의 망이 장건을 지나쳐 뒤쪽으로 이어져 있다.

장건은 등골이 서늘해졌다.

급히 뒤를 돌아보았다.

놀랍게도 날붙이들이 허공에 그대로 멈춰져 있다. 장건을 스쳐 지나간 날붙이들이 뒤쪽 공간에 박힌 것처럼 고스란히 늘어 놓인 채였다. 그물망의 줄은 날붙이 하나하나에 다 연결되어 있었다…….

허량은 팔을 쭉 당겼다. 그물을 끌어당기는 듯한 동작이었다.

허공에 알알이 박혀 있는 듯하던 날붙이들이 그물에 꿰여 당겨졌다.

장건은 급히 옆으로 피하려 했다. 뒤에서 당겨지는 날붙이들의 범위가 워낙 어마어마하지만 가만히 있을 수는 없었다. 그러나 허공에 퍼진 기의 그물이 장건을 옥죄었다. 기의 그물에 걸리면 정말 밧줄이 막고 있는 듯 움직임이 둔해지고 겨우 통과할라치면 내공이 들끓었다.

그런 줄이 수백 개가 넘게 얽혀 있어서 도저히 벗어날 수가 없었다. 하나하나 일일이 거쳐 가며 피하기엔 시간이 부족하다. 그것은 마치 발버둥 칠 때마다 점점 죄이는 그물과도 같았다.

심지어 허량은 심심할 때마다 발을 굴러서 자꾸만 흙의 파도를 만들어 냈다. 장건이 뒤뚱거리면서 제대로 서 있기도 힘들게 만든다.

그러곤 다시 그물을 당겼다.

점점 그물이 조여져 온다. 이대로라면 그물에 조여져 꼼짝달싹 못 하다가 뒤에서 당겨진 날붙이들에 온몸이 난자당할 판이다. 칼날이 꽂히고 송곳에 뚫리고 낫에 베이고 쇠스랑이 박힐 것이다.

장건의 전신에 식은땀이 배어났다.

장건은 뒤로 돌아섰다.

날붙이들이 모두 동일한 거리까지 날아가 있던 게 아니라서 가장 먼저 날아온 것은 낫이었다. 바로 코앞까지 낫이 날아와 있었다. 장건은 순간적으로 기의 가닥을 뽑아내어 낫을 후려쳤다.

카캉!

낫이 부러지며 여러 개의 칼날로 나뉘어 튕기는가 싶더니 그물망에 걸려 다시 당겨졌다.

장건은 계속해서 기의 가닥을 날렸다.

날아드는 날붙이들을 때려 부수거나 쳐 냈다. 날붙이마다 담긴 공력이 계속해서 기의 가닥에 충돌하며 장건의 체내에 충격이 쌓였다.

거의 수십 개의 날붙이를 빠갰지만 끝이 없었다. 심지어 부수고 깨뜨린 조각들이 튕겨 나가며 다른 날붙이를 부수어서 더 많은 조각들이 생거났다. 깨진 조각이 다른 날붙이를 깨뜨리고, 다시 깨뜨린 조각이 또 다른 조각을 깨뜨리고······.

연쇄적으로 파괴 현상이 일어나며 더 날카롭고 더 작은 칼날들이 만들어졌다. 칼날은 삽시간에 어마어마한 양으로 불어났다.

더 우울한 것은 그것들이 모두 그물코에 걸려서 다시 새로운 그물을 만들어 낸다는 점이었다. 쳐 내면 잠깐 뒤로 밀려나지만 그것도 잠시뿐이다. 잘게 부술수록 그물은 훨씬 촘촘해지고 날카로워져서 닥쳐왔다.

벌써 날카로운 조각 몇 개가 팔다리 여기저기를 베고 지나가 상처를 남겼다.

피핏!

크고 작은 날붙이들이 아슬아슬하게 장건을 스쳐 지나갔다. 장건은 정신없이 보법을 밟고 신법으로 몸을 움직였다.

거의 암기 날리는 수준으로 날붙이들이 날아들었다. 정확하게 말하자면 날붙이들이 날고 있는 궤적에 장건이 휩쓸린 꼴이었다.

또다시 날붙이 몇 개가 장건을 가깝게 스쳐 갔다. 뺨에서부터 턱까지 긴 혈흔이 생기고, 옷이 찢겼다. 송곳이 어깨를 긁어 핏방울을 뿌렸다. 사납게 몰아치는 기의 폭풍이 장건의 어깨에서 흘러나온 핏방울을 하늘 높이 날렸다.

그렇게 지나간다 해도 끝이 아니었다. 허량의 손까지 돌아간 날붙이는 순식간에 궤도를 정반대로 바꾸어 다시 날아오는 것이었다. 앞뒤로 날아드는 날붙이 때문에 상황은 더욱 정신없이 복잡해지고 있었다.

장건은 이를 악물었다. 사방이 온통 기의 그물과 날카로운 날붙이 조각들로 가득했다.

장건은 고도로 집중한 상태에서 생각을 거듭했다.

날붙이를 부수어도 소용없고 달아나거나 피할 수도 없다.

그럼 어떻게 해야 하지?

그때 장건의 이마로 묵직해 보이는 망치 머리가 날아오고 있었기 때문에 장건은 어쩔 수 없이 금강권으로 쇠망치를 때렸다.

펑!

금강권의 강력한 경력이 쇠망치를 찌그러뜨리며 멀리 날려 보냈다. 당연하게도 쇠망치는 날아가다 말고 촘촘하게 펼쳐진 그물망에 걸려들었다. 그러곤 다시 다른 날붙이들처럼 기류에 휩싸여 본래의 궤도로 돌아왔다.

한데 그 순간 장건의 눈에 기의 그물이 출렁이는 것이 보였다. 쇠망치를 때리는 찰나 쇠망치에 연결되어 있던 기의 줄이 충격으로 끊기고, 다시 날아가다가 얽히면서 기의 그물에 붙는다.

'어?'

장건은 간단한 이치를 깨달았다.

결국 날붙이가 몇 개로 늘어나든 어떻게 움직이든 그것들을 조종하는 건 그물망인 것이다.

장건은 점점 당겨져 오는 그물망에 힘겨워하면서도 혹시나 하는 마음에 손으로 기의 그물을 건드려 보았다. 저항감이 생기고 손과 팔에 흐르는 경락의 내공이 들끓어도 그물을 직접 만질 순 없다.

장건은 다시 시도했다. 허량이 할 수 있는데 장건이라고 못하란 법은 없다. 금강권을 사용할 때처럼 양손 전체에 내공을 끌어 올렸다. 두꺼운 장갑을 낀 것처럼 손에 뿌옇게 기가 입혀졌다.

그리고 손을 뻗자, 확실하게 그물의 줄이 잡혔다. 만져지는 것과는 분명히 달랐다. 기로 기의 그물을 접촉했다는 게 정확한 표현이었다.

장건은 때마침 날아드는 작은 칼날을 보았다. 혹시나 싶어 작은 칼날과 연결된 가느다란 그물의 줄에 손가락을 넣어 잡아챘다.

날아오던 작은 칼날의 궤도가 급작스럽게 바뀌었다. 작은 칼날은 전혀 다른 방향으로 날아갔다.

할 수 있다!

벗어날 수 있다!

해냈다는 기쁨도 잠시.

'윽!'

 장건이 그물의 줄을 당겨서 작은 칼날의 궤도가 바뀌는 바람에 몇 개의 줄이 얽히면서 복잡하게 궤도가 틀어졌다. 거의 직선 형태로 날아들던 날붙이 조각들이 기이한 궤도를 그렸다.

 대충 잡아당기거나 하면 더 위험한 상황이 될 수도 있었다.

 문득 어렸을 적 생각이 났다.

 번승(飜繩)!

 번화승(飜花繩)이라고도 하는데, 실이나 끈의 끝을 연결해서 손가락에 거는 실뜨기 놀이다. 한 사람이 이리저리 얽어 모양을 만들면 다른 사람이 손가락으로 실을 떠 또 다른 모양을 만든다.

 오래전 기억이라 희미하긴 하지만 어렸을 땐 실뜨기를 제법 잘한다는 소리도 듣곤 했다.

 중요한 건 실타래가 꼬이지 않도록 하는 것이다.

 장건은 그물의 줄을 계속해서 잡아 갔다. 어떤 줄은 당기고 어떤 줄은 밀고 또 어떤 줄은 틀어줬었다. 양손으로 벌리거나 교차시키기도 했다. 궤도가 어긋나서 선이 꼬이지 않도록 원을 그리면서 부드럽게 궤도를 바꿔 갔다.

 점차 장건에게 직접적으로 향하는 날붙이들의 수가 줄어 갔다.

이를 지켜보던 허량의 눈이 이채를 발했다.

"호오?"

장건이 주변 기의 흐름을 조절해서 공간을 확보해 가는 것이 보였기 때문이었다.

본래 무당파에서는 태극권을 수련할 때 무거운 철구(鐵球)를 온몸에 돌리도록 한다. 어깨에서부터 배, 다시 등으로 철구를 떨어뜨리지 않고 돌려야 한다. 몸을 부드럽게 만드는 수련인데 자칫 멍이 들거나 떨어뜨려 발을 다치거나 하는 일이 비일비재하다.

철구에 익숙해져서 십 년 이상의 공력을 쌓으면 좀 더 각지고 날카로운 것으로 바꾼다.

이십 년 이상이 되면 구하기 쉬운 쇠붙이들, 호미나 곡괭이의 머리 부분 같은 재료를 대강 동그랗게 모아서 끈으로 매 굴리기도 한다. 어깨와 등에서 굴리는 건 물론이고 손과 팔에서도 계속 굴리는 수련을 한다. 다른 제자와 짝을 이뤄 서로 날붙이 덩어리를 주고받기도 한다.

거기에서 더 익숙해져 삼십 년 이상의 공부를 쌓으면 날붙이를 더 날카로운 것으로 쓸 수 있다. 단도나 낫의 날로도 가능하다. 이때부터가 경을 알고 태극경을 이루게 되는 시기이다.

사십 년이 넘으면 날카로운 날붙이들을 끈으로 묶지 않고 허공에 구(球)를 만들 수 있게 된다. 손을 대지 않고 기와 기의 흐름만으로 움직일 수도 있다.

오십 년 이상이 되어 태극경을 대성하게 되면 주변의 사물을 태극 안에 가두어 그 안에서 자유로이 기운을 펼칠 수 있게 된다.

어떻게 보면 지금 허량이 하고 있는 것은 무당파의 태극권 수련 과정의 일부라고도 볼 수 있는 것이었다.

그리고 놀랍게도 장건은 벌써 오십 년 가까이 수련한 사람이나 펼칠 수 있는 수준의 태극경을 보이고 있었다. 물론 무당에서 나고 자란 제자보다 태극경을 잘하는 건 허량도 이미 알고 있는 사실이었지만, 구결 한 구절 알려 주지 않았는데 저만큼 태극경을 한다는 것은 정말 놀라운 일이다.

"근데 어째……."

허량은 좀 찜찜했다.

"모양이…… 실뜨기를 하는 모양새다?"

가뜩이나 움직임이 딱딱한 장건인데 보통의 태극권처럼 원을 그리는 듯 부드러운 동작이 아니었다. 마치 커다란 번승 놀이를 하는 듯했다.

태극권의 우아한 동작이 아니라 좀 조잡하달까?

그런데도 어찌어찌 상황을 정리하는 모양새였다.

허량은 그물망을 좀 더 세밀하게 나누었다. 장건이 쉽게 제어하지 못하도록 복잡하게 그물을 흐트러뜨렸다.

장건은 반대로 그물망을 난순하게 만들 필요가 있었다.

얽히고설켜 펼쳐진 그물망을 풀어서 하나로 모아 가야 했다. 그물망의 복잡한 꼬임을 단순화시켜서 합치려는 생각이었다.

그러다 보니 자연 허량의 움직임을 닮아갔다. 물론 그 동작 자체도 매우 경직되어 있었지만 태극권의 흉내 정도는 되어 보였다. 태극경이 장건의 전신에서 일어나며 그물망이 자연스러운 모양새로 휘감겼다. 꼭 커다란 실타래를 감는 듯한 모양이었다. 아니, 흡사 커다란 실타래로 실뜨기를 하는 모습인 것도 같았…….

애초에 '장건이 무슨 동작을 하고 있다'고 하면 그건 원래의 동작에서 팔구 할 정도는 빼고 생각해야 하는 것이니, 어느 쪽으로 생각해도 그게 그거였다.

부우우웅!

휘잉! 휘잉!

날붙이들이 굉장한 속도로 허량과 장건의 주변을 날아다녔다. 장건이 계속해서 줄을 휘감아 길이를 줄이고 있었기 때문에 기의 그물에 붙어 있던 날붙이들의 속도는 더 빨라졌고 날아다니는 게 어지러울 지경이었다.

그것이 단순한 줄로 이어진 게 아니라 기의 망이었기 때문에 작은 폭풍이 닥친 것처럼 공기가 요동을 쳤다. 주변에 온통 기가 휘몰아치고 있었다.

쿠우우우우!

회오리치는 기의 폭풍에 장건은 머리카락을 묶은 끈까지 다 풀려나갔다. 긴 머리가 휘날렸다. 옷도 쉬지 않고 펄럭였다.

 장건과 허량은 쉬지 않고 움직였다. 거의 열 번의 호흡을 하는 동안 보이지도 않는 기의 흐름을 두고 다투었다. 허량이 우로 움직이면 장건도 우로 가고 좌로 가면 좌로 갔다. 간혹 반대로 움직일 때도 있었다.

 그물을 모을수록 날붙이들은 점차 덩어리가 커져 갔다. 수백 개가 넘던 날붙이 조각들이 수십 개의 덩어리를 이루어 돌고 있었다.

 장건은 무아지경 속에서 그물을 당기고 감고 풀었다. 그 자체가 공간의 흐름을 조종하는 것이라는 걸 모를 정도로 몰입해 있었다.

 어느덧, 기의 그물이 거의 다 줄어들었다. 수십 개의 덩어리가 몇 개로, 몇 개가 다시 한 개의 덩어리로 합쳐지면서 그물이 다 감겨 쪼그라들었다.

 그물망에 매달려 있던 날붙이 조각들은 장건과 허량의 사이에서 하나의 둥그런 공 형태가 되어가고 있었다.

 휘이이잉.

 폭풍이 연한 바람으로 서서히 옅어져 갔다.

 철그럭, 철그럭.

 날붙이 조각들이 잉켜서 움직이지 못하고 움찔거렸다.

장건과 허량이 그물의 양쪽 끝을 붙든 대치 형국이 되었다.

그런데 갑자기 그물이 뚝 끊어졌다. 허량이 스스로 그물을 없애 버린 것이다.

허공에 떠 있던 날붙이 조각의 덩어리가 막 떨어질락 말락 한 순간에 허량이 한 발을 크게 내디디며 일장을 뻗었다.

두웅.

가볍게 손을 댄다 싶더니 그대로 덩어리를 밀어낸다. 날붙이 조각의 덩어리가 바닥을 굴러 장건을 덮쳤다.

쿠르르르르르!

덩어리의 실제 크기는 아까와 별다를 바가 없는데 장건의 눈에는 두 배나 크게 보였다.

암법을 써서 보고 있기 때문이다.

저 날붙이의 덩어리에 허량이 담은 공력이 끔찍할 정도로 어마어마한 것이다.

장건은 가쁜 숨을 몰아쉴 틈도 없이 자세를 바로잡았다.

조금 전 있었던 일과 비슷하다. 한 번 겪었다고 무슨 일이 벌어질지 대충 머리에 그려진다. 피하면 피하는 순간 저 덩어리들이 산산조각 나서 덮칠 터였다.

깨진 조각들 때문에 작고 날카로운 날붙이의 수가 배로 불어나 있다. 거기에 허량의 거대한 내공이 깃들어 있으니 쳐 내거나 막는 것도 보통 일이 아니다.

이번에야말로 터지면 피할 도리가 없다!

장건은 정면으로 마주하기로 했다. 내공이 담긴 덩어리는 늘 보던 위기와 다를 바가 없다. 장건은 눈을 똑바로 뜨고 집중해서 다시 공력을 끌어 올렸다.

보통의 금강권으로는 허량의 내공을 감당하기 어렵다.

삼첨상조.

몸을 바로 하고 안정감 있는 자세에서 금강권의 경력을 전신에 휘감았다.

푸우우!

오른발의 발밑에서 일어난 회오리가 전신을 돌아 주먹까지 이르렀다.

솜털 하나하나까지 찌릿거렸다.

날붙이의 덩어리가 장건의 앞까지 이르렀다. 장건은 한 발을 내디디며 주먹을 질렀다. 잔뜩 응축시킨 금강권의 경력이 폭발하듯 주먹에 어렸다.

덩어리를 가격하여 주먹 끝이 막 닿으려는 순간이었다.

이게 끝이 아니다.

장건의 왼발에 아직 회오리가 머물러 있었다.

장건이 준비한 회심의 한 수다.

이조암에서 터득한 수법.

오른발과 왼발에서 금강권의 경력을 동시에 만들어 내서 차례로 올려 보내면 어떨까 생각해서 만들어 낸 방법이다.

오른발에서 생성한 금강권의 경력이 전신을 돌아 주먹에 도달할 때, 한 번 더 왼발에 준비했던 금강권의 경력을 끌어 올리는 것이다.

장건이 만들어 내는 금강권의 경력은 전신 근육과 기혈에 흐르는 내공을 비틀어서 만들어진다. 때문에 몸에 무리가 심하게 가지만 생각대로만 되면 경력을 거의 동시에 가깝게 두 개를 겹칠 수 있게 된다.

이 방법으로 이조암의 바위에서 소리를 낼 수 있었다. 지금 이것이 장건이 낼 수 있는 최대의 파괴력이다.

장건은 이를 악물었다.

왼발에서 시작된 회오리가 한 번 더 몸을 타고 올라갔다. 전신 근육이 한번 비틀렸다가 다시 비틀렸기 때문에 혼백이 나갈 정도로 고통이 찾아왔다.

그럼에도 장건은 끝끝내 왼쪽 경력을 주먹까지 보내는 데에 성공했다.

### 금강권 이중첩(金剛拳 二重疊)!

두둥!

타격은 한 번인데 금강권 경력은 아주 극미세의 차이를 두고 두 번 도달했다.

찌이익.

보이지 않는 균열이 생겨났다.

장건이 내지른 정권의 끝에서부터 시작된 균열이 삽시간에 덩어리 전체에 퍼졌다.

쩌저적―!

요란한 파괴는 없었다.

일전에 그랬던 것처럼 반발력도 크지 않았다. 장건이 발출한 금강권의 파괴적인 경력이 얼추 허량이 담은 공력을 상쇄할 정도가 되었다는 뜻이다.

그래서 반발력이 장건에게 되밀려나지 않았다.

대신 장건의 공력이 허량이 담았던 공력을 압도하지도 못했기에 부딪친 내공은 장건과 허량을 비켜나 흩어졌다.

쏴아아아…….

세찬 바람이 분 것처럼 주변의 수풀과 나뭇가지가 거세게 흔들렸다.

그 사이에 날붙이 덩어리는 시간이 정지된 듯이 멈춰 있다가 고스란히 아래로 떨어졌다.

쿠구구궁.

철킹, 철그럭!

수없이 짤랑대는 소리가 귓가를 때렸다.

장건의 발 앞에 날붙이가 수북하게 쏟아져 쌓였다.

"후욱……."

장건은 그제야 겨우 막힌 숨을 내뱉었다.

온몸이 덜덜 떨렸다. 전신이 땀과 자잘한 핏자국으로 범벅이 되어 있었다. 장건의 얼굴에는 자그마한 희열 같은 게 떠올랐다. 있는 힘을 다해서 쏟아 부었기에 후련하기까지 했다.

가슴에 맺혔던 응어리가 싹 풀린 상쾌한 기분이었다.

장건은 땀을 뚝뚝 흘리면서 고개를 들어 허량을 쳐다보았다.

허량은 웃는지 우는지 모를 희한한 표정을 짓고 있었다. 다소 당황한 것 같기도 했다.

장건이 숨을 몰아쉬며 물었다.

"증명……한 거죠?"

허량의 표정이 일그러졌다.

"그 정도면……."

허량이 갑자기 성질이 난 듯 목소리를 높였다.

"근데 그렇게 하는 거 아냐, 임마!"

장건은 뒷얘기를 듣지 못했다. 서 있는 채로 살짝 정신을 잃었다.

"허……."

허량은 기가 막힌 얼굴로 눈을 감은 장건과 그 주변을 보았다. 허량과 장건을 두 축으로 해서 주변의 바닥은 거대한 모양의 태극이 그려져 있었다.

하지만 모양이 제대로 된 태극은 아니었다. 어딘가 모르게 각진, 이상한 모양의 되다 만 태극 형상이었다.

"잘하다가 왜 마지막에 그렇게 해서 고생을 해. 그냥 하던 대로 태극경으로 받아 내면 될 걸?"

아무래도 이해할 수 없는 허량이었다. 심지어 거기엔 허량이 본신에 지니고 있던 내공을 육 할이나 쏟아부었던 것이다.

울컥!

핏물이 입안에 차올랐다.

허량은 치솟은 핏물을 한 모금을 내뱉고 피가 묻은 입가를 소매로 훔쳤다. 막대한 내공을 썼는데 장건이 그걸 힘으로 깨부쉈으니 충격이 없을 수가 없었다. 크진 않지만 내상을 입었다.

우내십존에 이른 후로 내상을 입어 피를 본 적이 언제였던가?

"아, 이 무식한 놈 같으니라고! 약관도 안 된 어린놈의 권공이 뭐 이렇게 무지막지해?"

허량은 괜히 성질을 부렸다.

장건이 들었으면 분명히 '네?' 하고 반문했을 것이었다.

자기를 죽이려 든 사람이 오히려 무식하게 행동한다고 타박을 하고 있으니 말이다.

사실 허량은 장건을 꼭 죽여야겠다는 생각으로 온 건 아니었다.

흑개의 말처럼 도사가 되어 가지고, 그것도 낯살도 먹을 만큼 먹고서 잔악무도한 악당도 아닌 어린 애를 죽일 수는 없는 노릇이었다. 괜히 거창하게 강호의 정리까지 들먹이면서 애를 잡고 싶은 마음은 조금도 없었다.

 그래서 고민했다. 어떻게 해야 자신이 뿌린 씨를 제대로 거둘 수 있을까. 무당에 해가 되지 않게 할 수 있을까.

 사정이야 어찌 됐든 자신의 탓으로 장건이 태극경을 익힌 것은 사실이었다.

 어쩔 수 없이 둘 중 하나를 선택해야 했다.

 태극경을 회수하든가, 아니면 제대로 익힌 걸 확인하든가!

 허량은 후자를 선택했다.

 대신 강도를 매우 높였다. 그 과정에 장건이 죽으면 어쩔 수 없고, 그게 아니면 받아들이기로.

 만일 장건이 태극경을 제대로 익혔다는 걸 확인하게 되면, 무당에서 존장의 대우를 받아도 아무도 뭐라 말을 하지 못할 것이었다.

 그런데 잘하다가 막판에 이르러서 전혀 예상 밖으로 행동한 까닭에 허량은 심산이 좀 복잡해졌다.

 장건의 태극경은 분명히 오의가 살아 있었다. 무당파에서 잘나간다는 몇몇을 내세워도 장건만큼 잘한다는 보장이 없었다.

하지만 여전히 어딘가 이상했다. 반쪽짜리라고 생각했던 예전과 다를 바가 없는 것 같기도 하고, 좀 나아진 것도 같고……

그래서 사실 방금의 마지막 수를 태극경으로 받아 내는지의 여부가 중요했다. 그랬다면 더 확인할 필요가 없었다. 겉으로 보기에 어떻든 허량이 궁극의 경지에서 발현한 태극경을 받아 냈다면 그 또한 궁극의 경지에 올랐음을 방증하는 셈이므로.

하나 지금으로서는 완전히 제대로 익혔느냐 아니냐에 살짝 미심쩍은 여지가 남을 수밖에 없었다.

"그렇다고 한 번 더 하자고 조르기도 좀……."

마지막에 굳이 소림권공으로 상대한 걸 보면, 다시 한다고 해서 장건이 자신의 뜻을 곱게 따라 줄 것 같지도 않았다.

짜증이 난 허량은 혼절한 장건을 보면서 눈을 부라렸다.

"차라리 이걸 그냥 확 때려죽이는 게 더 간단한 거 아냐?"

\* \* \*

"태극대합일(太極大合一)이라 하는 것이다."

장건이 깨어나서 제일 먼저 들은 말은 그것이었다.

그리고, '에이, 망할 놈.'이란 욕도 같이 들었다.
"네?"
정신이 채 돌아오지 않아 몽롱한 와중이라 장건은 알아듣지 못했다. 아니, 맨 정신이라도 이해하지 못했을 터였다.
허량이 말했다.
"네가 마지막에 본 그것, 그걸 태극경으로 받아 냈으면 네가 이루었을 경지를 말하는 거다."
잘한 거 아닌가?
장건은 그렇게 생각했지만 허량은 여전히 미련을 버리지 못한 듯 중얼거렸다.
"분명히 받을 수 있었을 텐데……. 그랬으면 아무 문제없이 무당에서 존장으로 대우받고 얼마나 좋아. 에잉, 그것도 제 팔자고 운이지, 뭐."
장건은 정신을 차리면서 일어나 앉았다.
아까까지의 일이 꿈이 아니었다는 것처럼 공터에는 반짝이는 날붙이들이 여전히 널려 있었다.
허량은 일어나서 뒷짐을 진 채 장건을 보지 않고 말했다.
"앞으로 무당파는 너와 한 식구다."
장건이 참다못해 물었다.
"저기 아까부터 자꾸 맥락도 없이 말씀하시면……."
"맥락이 왜 없어?"

허량이 짜증을 내면서 돌아섰다.

"아까 네가 물어본 거 아냐. 어떻게 해야 사람들이 시비를 걸지 않겠냐고."

"네."

"시비를 걸지 못하게 하는 데에는 딱 두 가지 방법만 있다. 덤비는 족족 다 죽여서 못 덤비게 만드는 방법과 친구가 되는 방법."

장건이 섬뜩한 말에 놀라 주춤한 사이 허량이 계속해서 말했다.

"근데 전자는 나도 추천하지 않아. 사실 강호에는 미친 놈들이 많아서 지가 안 되는 줄 알면서도 강호의 정의를 위해 어쩌구 그러면서 끊임없이 나타나 덤비는 놈들이 있거든. 이놈들은 죽여도 계속 나와. 완전 박멸은 불가능하다고 봐야 해."

장건이 떨떠름하게 대답했다.

"저도 그건 별로 안 땡기네요."

"그럼 친구를 만들어. 교우(交友)를 하란 뜻이야. 네가 어떤 수를 써도 사람들이 찾아오는 걸 말릴 수는 없다. 하지만 친구를 만들면 친구의 친구도, 그 친구의 친구의 친구도 친구가 된다. 적이 그만큼 줄어드는 거지. 그리고 친구가 많으면 친구들이 해결해 주는 일도 많아질뿐더러, 대체로 명망도 높아져서 사람들이 괜한 시비를 걸고 그러는 일이 적어지지."

　장건은 조금 알겠다는 얼굴로 고개를 끄덕였다.

　"아아."

　"그런 의미에서 무당파는 너와 한 식구란 말이다. 그게 무슨 뜻이겠냐."

　"친구보다 좋은 거네요?"

　"더 좋은 거지. 무당의 제자들이 널 찾아가 시비를 걸지 않겠다는 뜻인데, 뭐 혹시 살다가 서로서로 어려울 땐 좀 도우면서 살기도 하고……."

　허량이 은근슬쩍 뒷말을 붙인 걸 장건도 알았다.

　"아하하……."

　소림사가 어려울 때 돕지 않았던 허량으로서는 적이 부끄러운 말이기도 했다.

　"여하간에 최소한 앞으로 무당이 널 적대시하는 일은 없을 것이다. 무당의 식구가 본산과 속가의 지파를 모두 합치면 만 명이 넘는데, 그 정도면 충분하지 않겠냐?"

　장건은 조금 놀랐다. 이제 최소한 만 명이 시비를 걸어올 일은 없는 건가?

　'우와아!' 하고 소리를 지를 뻔했다.

　하지만 장건은 살짝 망설여졌다.

　"근데 만 명이 도와 달라고 하면……."

　장건의 순진함은 때로 정곡을 찌르기도 한다.

허량이 흠칫해서 괜히 언성을 높였다.

"어허, 말이 그렇다는 거지! 그게 뭐 꼭 도우라는 거냐? 사정이 있으면 돕지 못하고 그럴 수도 있지. 길에서 누가 구걸한다고 그때마다 동냥을 주진 않잖냐?"

장건은 그제야 천천히 고개를 끄덕였다.

"그러네요. 그럼 충분해요."

사실 적대시한다고 해서 장건을 상대로 어떻게 해 볼 사람이 몇이나 될지도 의문스러운 일이다. 그러느니 차라리 부딪치지 않는 게 나은 일인지도 모른다.

결국 허량이 앞서 말한 대로 장건은 벌써 강호의 질서를 일부나마 구축한 셈이 되어 버리고 말았다.

허량은 쓴 미소를 머금었다.

'이것도 천존의 뜻이라면 뜻이겠지.'

자신의 육성(六成) 태청진기를 정면에서 받아 낸 장건이라면 사실 그만한 자격은 충분하고도 남을 터였다.

무당의 존장이 되진 못해도 친구가 되긴 충분하다.

어쩌면 무당의 미래는 이 정도의 보장만 있어도 충분히 오랫동안 안정을 지킬 수 있을지도 몰랐다.

하다못해 쓰지도 않는 검을 등에 짊어지고 다니는 것보다 몸에 익혀 두게 한 태극경이야말로 무당과 친구라는 확실한 증표가 될 수 있지 않겠는가.

허량이 이제 충분히 자신의 몫은 했다고 생각하는데, 갑자기 장건이 허량을 불렀다.
"아, 잠깐만요."
"응?"
"만 명이라고 하셨죠? 정말이죠?"
장건의 눈이 반짝이고 있었다.

　　　　　＊　　　＊　　　＊

 장건이 허량과 헤어져 반점으로 돌아왔을 때 소녀들도 거의 점혈에서 풀려난 즈음이었다.
 소녀들은 온통 피와 흙먼지로 더러워진 장건의 모습을 보고 기겁했다.
 "장 소협!"
 "오라버니!"
 장건이 달려드는 소녀들의 기세에 어색하게 손을 저었다.
 "하하…… 전 괜찮아요."
 하연홍이 물을 떠 오고 양소은은 약을 구해 오고 백리연과 제갈영은 장건의 피를 닦아 주고 난리가 났다.
 "도대체 어떻게 된 거예요?"
 "왜 오라버니를 찾아온 거야?"
 장건은 잠깐 생각하다가 대답했다.

"무공을 가르쳐 주러 오셨나 봐요."

"……에엥?"

소녀들의 얼굴이 황망해졌다.

하연홍이 따지듯 물었다.

"근데 무슨 사람을 죽일 듯이 막 그랬대? 무슨 무공을 이렇게 험하게 가르쳐?"

"괜찮아요. 저도 사실은 막 싸우고 싶은 기분이었으니까요. 이런 일이 한두 번도 아니구요."

보통 그런 얘기를 할 때면 장건은 약간 쑥스러워하거나 억울해하거나 했었다. 그래서 주변에서 보면 약간 괴리감이 있었다. 이미 강호인이면서 끝끝내 아니라고 부정하는 데에서 오는 그런 괴리감이었다.

한데 지금은 평소와 다른 말투다. 약간 즐기는 것 같은 느낌마저 들었다.

양소은이 조심스럽게 장건의 표정을 살피면서 물었다.

"어째…… 어른스러워진 거 같다?"

그제야 장건은 좀 부끄러워하는 표정을 지었다.

"그럴 리가요."

백리연이 날카롭게 베인 상처를 닦아 주며 한숨을 쉬었다.

"장 소협이 너무 위험에 노출되어 있어요."

소녀들이 동조했다.

"그래, 이젠 마차를 타고 다니는 게 좋겠어."

장건이 괜찮다고 대답했다.

"뭐 소림에 있을 때도 마찬가지였는걸요."

그간 소림사에서 장건이 겪은 일이 어떤 일들인지 뻔히 아는 소녀들은 멋쩍게 웃었다.

"어쩐지 슬픈 말이네."

하연홍이 말했다.

"명성이 오를수록 이런 일이 더 많이 생길지도 몰라. 대책이 필요해. 방장 대사님께 말씀드리는 게 좋지 않을까?"

장건이 고개를 저었다.

"말씀은 드리겠지만, 앞으로는 나도 피하기만 하진 않을 거야."

"그럼?"

"친구를 만들 거야."

"뭐어?"

듣고 있던 소녀들을 황당하게 만든 장건의 발언이었다.

소녀들이 마구 질문을 던져댔다.

"어떻게?"

"친구가 만든다고 그냥 돼?"

장건이 살짝 시간을 두고 뜸을 들이는 듯하다가 웃으면서 말했다.

"그러니까 그게요. 갑자기 영이가 한 말이 생각이 나

서……."

제갈영이 고개를 갸웃거리면서 자신을 가리켰다.

"내가?"

\* \* \*

허량은 장건을 감시하던 무당파의 제자인 청야를 공터로 불러냈다.

청야는 공터에 그려진 거대한 태극 문양과 엄청난 격전의 흔적을 보고 입을 다물지 못했다. 수없이 깨져서 널리고 쌓인 쇳조각만 봐도 소름이 끼쳤다.

근데 바닥에 패인 태극의 원을 보면 약간 의아하단 생각이 들었다. 좀 삐뚤거리면서 각도 진 것이 어딘가 불완전했다.

그걸 차마 사조뻘인 허량에게 뭐라 말은 못 하고 우물거리는데, 허량이 다짜고짜 말했다.

"잠깐 쫓아내긴 했다만 곧 또 몰려들 테니까 다른 녀석들이 오기 전에 여기 좀 정리해라."

"아! 예예, 알겠습니다."

"그리고 장문인에게 전해. 확실하게 해 달래서 확실하게 해 줬다고."

"무엇을 말씀하십니까?"

"앞으로 무당파의 전 제자들은 장건과 식구 같은 친구가 되기로 약속했다. 그러니까 반목하지 말고 숨어서 볼 필요도 없고, 문제가 생기면 적당히 대화로 해결해."
"네? 무슨 약속이요?"
청야는 잘못 들었나 해서 되물었다.
허량이 천 쪼가리 하나를 내밀었다. 급한 대로 장포를 찢어 쓴 것 같았다.
"이게 뭡니까?"
"장문인 가져다주면 알아."
"예……."
허량은 민망함을 감추기 위해 청야에게서 시선을 돌려 하늘을 바라보았다.
장건이 한 말이 아직도 귀에 생생했다.

―그럼 각서 같은 거라도 써 주세요.

허량은 자기도 모르게 중얼거렸다.
"정말 웃긴 놈이라니까……."
휘이이잉.
깊은 밤의 고요함 속에서 태평한 바람이 불어오고 있었다.

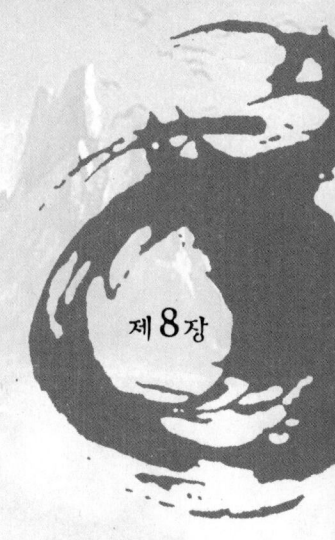

제 8장

서가촌의 변화

 강호는 매일매일 복잡하게 뒤얽히며 돌아가고, 여전히 수많은 싸움 속에 소규모 문파의 현판이 바뀌거나 병합되거나 하는 일들이 비일비재하게 벌어지고 있었다.

 충무원으로 출퇴근하는 장건은 그런 다툼에서 약간 벗어나 있는 듯싶었지만 영향을 아주 안 받는 것은 아니었다.

 최근 양가장과 무당파로 인한 두 번의 큰 사건은 호사가들의 입을 근질기리게 만들기에 충분했다.

 특히나 무당파에서는 외부에 모르게 한다고 했으나 전제자들에게 장건과 반목하지 말라는 지시를 내린 것이 소문으로 알려지기까지 했다.

 그 소문은 강호의 이목이 새삼 상선과 충무원에 다시 쏠리도록 만들었다.

 북해와 관부의 입장에선 달갑지 않은 일이었으나, 역설적이게도 그런 소문 덕에 장건의 주변은 외려 조용해졌다. 양가장과 무당파가 장건과 어떤 식으로 관련되어 있는지 모르니 섣불리 장건을 건드릴 수 없어서 지켜보는 중인 셈이었다.

 그것이 일시적일지, 계속될지는 알 수 없었으나 잠시나마 잠잠해진 것만으로도 장건에겐 나쁘지 않은 일이었다.

 하여 오늘도 장건은 늘 그렇듯 평온한 일상을 살아가는 중이었다.


 벌써 충무원에서 수련을 시작한 지 한 달이 훌쩍 넘었다.

 매일 규칙적인 생활을 하고 하루 종일 몸을 움직이면서 강제적인 식사 조절까지 한 탓에 수련생들은 많이들 날렵해졌다.

 "그럼, 잠깐 나한보를 복습할게요."

 장건이 긴 싸리비를 들고 연무장 중간에 서서 나한보의 시범을 보였다.

 사삭 사사삭.

 비질을 하면서 좌우 팔방으로 미끄러지듯 이동하는데 신기하기 이를 데 없는 장면이었다.

 하지만 수련생들은 별 감흥이 없는 얼굴이다. 신기한 것도 한두 번인 것이다.

 양가장이니 무당파니 해서 장건이 대단하다는 걸 알게 되었다고 해도, 배우는 건 딱히 대단한 것 같지 않으니 어쩔 수가 없는 노릇이었다.

 수업은 매일 똑같았다. 기초 체력을 키우기 위해 연무장을 뛰고, 나한보로 비질을 하고, 점심으로 물에 불린 생쌀과 풀을 먹고, 용조수로 수건을 접고, 대홍권을 배운다.

 처음과 다른 것이 있다면 이제는 수련생들이 제법 수련 일정을 소화한다는 점뿐이다. 수련생들 중 반은 지루한 얼굴로 하품을 하고 반은 장건의 동작 하나까지 놓치지 않겠다는 듯 집중한다. 장건의 투사학예를 그대로 전해 주기로 매수된 수련생들이었다.

 어쨌든 덕분에 수업은 원활하게 진행되고 있었다.

 오후가 되어 용조수의 수업 시간이 되었다.

 타타탓!

 이제 대다수 수련생들은 수건이나 이불을 딱딱 가볍게 접어 냈다. 한 달 내내 하루 한 시진씩 그것만 했는데 못한다는 게 이상한 일인 것이다. 물론 장건만큼은 아니지만 누가 봐도 딱딱 각을 맞춰 접는 게 제법 재주라 부를 만했다.

 구이남이 장건에게 말했다.

 "수련생들이 슬슬 지루해하는 것 같습니다. 많이 익숙해지기도 했으니 소반간 다음 수련으로 넘어가는 게 좋겠습니다."

무당파의 고수가 왔다 갔다는 걸 알게 된 후 구이남은 한결 더 공손해졌다.

장건이 고개를 끄덕였다.

"아, 그럴까요? 제갈상회에 부탁해 놓은 게 다 되었는지 모르겠네요."

\* \* \*

이튿날, 충무원의 수련생들은 이른 아침부터 어리둥절한 얼굴로 야외 수업을 나섰다.

충무원 앞에 제갈영과 상달이 나와서 기다리고 있다가 수련생들을 이끌었다.

수련생들이 간 곳은 서가촌의 어느 너른 밭이었다. 제대로 관리가 되지 않아 자갈이며 돌이며 마른 잡초 따위가 무성했다.

"지난번에 말씀드린 대로 오늘부터는 잡초 뽑기를 할 거예요."

수련생 중의 한 명이 물었다.

"저기…… 죄송한데 말입니다. 저희는 무술을 배우러 왔는데 왜 농사일을 해야 하는지……."

장건이 대답했다.

"하는 김에 하는 거예요. 잡초 뽑기는 해야 하는데 멀쩡한 풀을 뽑을 순 없으니까요. 이러면 여기 마을 분들도 좋고 저희도 좋을 것 같아서요."

"아, 네……."

"그럼, 제가 먼저 보여드릴게요. 손 모양을 이렇게, 이렇게."

장건이 허리를 굽혀서 슥슥 손을 뻗자 잡초가 툭툭 뽑혀 나왔다.

수련생들 일부가 불만스러운 얼굴을 했다.

'이건 그냥 김매기 하는 거나 똑같잖아?'

장건은 수련생들의 얼굴을 보지 못하고 시범에 열중했다.

"나한보를 응용하면 더 빨리할 수 있어요."

장건은 허리를 굽힌 채 옆으로 슥 움직였다. 거의 눈에 보이지도 않을 속도로 잡초들이 뽑혀 나왔다.

투다다다닷.

보통 사람이 옆으로 달려가는 속도와 비슷하게 움직이며 잡초까지 뽑는다. 잠깐 사이에 장건은 수북하게 잡초를 뽑았다.

등 뒤에 한 덩어리의 잡초를 둥둥 띄운 채 장건은 작업을 멈추었다.

"아식 나한보는 시작한 지 얼마 안 되었으니까 용조수만

하셔도 될 거예요."

"······."

"······."

어지간해서는 놀라지 않는 수련생들이 말없이 장건을 바라보기만 했다.

하분동이 장건에게 눈짓했다. 장건은 그제야 기의 가닥으로 잡초를 들고 있는 걸 깨닫고 멋쩍게 웃었다. 남들한테는 이상하게 보이는 일 중 하나다.

"아하하, 이건 습관이 돼서요. 안 쓰려고 하는데 자꾸 실수를 하네요."

수련생들에게는 그 말이 더 이상했다. 습관이 되면 아무나 허공섭물 같은 걸 하고 다니는 건가? 허공섭물 같은 걸 실수로 하는 건가?

수련생들이 쓸데없는 생각에 고뇌하는 사이 장건은 잡초를 밭의 가장자리에 가져다 두고 왔다.

"그럼 모두 열심히 해 주세요."

장건이 꾸벅 합장을 하자 수련생들도 같이 고개를 숙였다.

불만은 있지만 대놓고 더 말할 순 없었다. 왜 꼭 실수를 해도 항의하려는 순간에 잡초 덩어리를 손도 안 대고 마구 허공에 띄우는 그런 실수를 한단 말인가.

수련생들은 입을 꾹 다물고 묵묵히 잡초를 뽑기 시작했

다.

 관원 생활을 하느라 농사일을 거의 해 본 적이 없는 대부분의 수련생들은 잡초 뽑기에 서투를 수밖에 없었다. 가뜩이나 건조한 날씨라 손을 베이기도 하고 잡초를 뽑는 게 아니라 뜯기도 하고 그러면서 난항을 겪었다.

 "이불 접기와 비슷해요. 엄지와 검지, 중지를 이용하시구요. 귀퉁이를 맞추실 때처럼 집고, 두드리는 걸 반대로 하면서 뽑으면 돼요."

 그래도 장건의 조언을 들으면서 연습을 하다 보니 얼추 용조수의 손 모양이 나왔다. 몇몇은 흉내를 내는 정도까지는 하고 있었다. 그동안 이불 접기를 한 효과가 아주 없는 건 아닌 모양이었다.

 "어? 되네?"

 수련생들 스스로도 신기해했다. 이불 접기의 묘용이 잡초 뽑기에서도 통하고 있었다. 물론 잡초 뽑기라는 게 제아무리 수련의 일환이라도 재미있을 리는 없었지만.

 익숙하지는 않았으나 사십 명이나 되는 남자들이 꾸준히 잡초를 뽑고 돌을 고르니 넓은 밭은 금세 깨끗해져 갔다.

 정오를 지나자 잡초 뽑기가 끝났다.

 노인 한 명이 장건에게 다가왔다.

 "허, 장정들이 잔뜩이니 금방이구만. 요즘 젊은 친구들은 농사를 싫어해서 다 도회지로 떠났거든. 사람이 없어서

밭도 못 고르고 하여 올해 농사는 포기할까 했는데, 고맙소이다."
"아니에요. 겸사겸사 한 걸요."
"고마운 거야 고마운 거지. 가만있자. 그럼 약속한 돈은 누구에게……."
"네? 돈이요?"
제갈영이 끼어들었다.
"저한테 주시면 돼요. 감사합니다."
노인이 제갈영에게 돈을 건네고 다시 인사를 하며 밭을 떠났다.
제갈영이 칭찬해달라는 투로 장건을 보고 말했다.
"나 완전 잘했지?"
장건이 제갈영을 보고 물었다.
"뭐가 어떻게 된 거야?"
"어? 뭐가 어떻게 되긴, 돈 받은 거야."
장건이 곤란한 얼굴로 말했다.
"관의 일을 하는 건데 돈을 받으면 좀……."
"에이! 그건 오라버니구, 이건 내 몫이라구."
제갈영은 당당하게 말했다.
"소개료만 받은 거야. 거간꾼이 돈도 안 받고 일하는 거 봤어? 영이는 정당한 일을 하고 정당한 대가를 받은 거랍니다아."

어느새 다가온 하분동이 말했다.

"그 말이 맞다. 관원이 공무를 하며 녹봉 외에 뒷돈을 챙기는 것은 금물이지만, 상인이 일을 한 대가는 받아야지."

제갈영이 혀를 삐죽 내밀었다.

"히히, 사실은 품삯까지 받아 내려고 했는데 그러면 오라버니가 싫어할 줄 알았어요. 오라버니와 저 수련생 아저씨들은 녹봉을 받으니까 따로 돈을 받으면 안 되지. 오라버니는 근무 겸 대민봉사. 나는 서로 필요한 사람들을 연결해 주고 조그마한 소득 확보. 이러면 쌍영(双赢)! 양쪽 다 서로 이익을 본다는 뜻이지."

제갈영은 발꿈치를 들고 장건의 어깨를 툭툭 치기까지 했다.

"너무 걱정하지 마. 수수료도 그렇게 많이 받진 않았어."

장건이 그제야 조금 마음이 놓이는 얼굴을 했다.

"근데 요즘 무슨 바람들이 불어서 다들 장사하고 돈 벌고 그러는 거야? 되게 열심히들 하던데."

장건은 아직 소녀들이 시험 보는 줄 모른다.

제갈영이 살짝 얼굴을 붉히면서 우물쭈물 대답했다.

"그야 뭐…… 나중에 상인 집안에 시집가려면 뭐……."

장건도 덩달아 얼굴이 붉어졌다.

"어……. 음…… 그랬구나……. 어……."

서가촌의 변화

지켜보는 하분동만 한숨이 나올 따름이다.

이런 경쟁에서 어떻게 하연홍이 이길 수 있을지. 또 이기면 장건을 손녀사위로 봐야 할 텐데 그건 또 얼마나 어색할지…….

장건이 곧 수련생들에게 가 말했다.

"돌아갈 때는 나한보를 이용해서 좌우로 왔다 갔다 하면서 비질을 할 거예요."

제갈상회 서가촌 분점의 직원 상달이 수레에 빗자루 사십 개를 싣고 왔다.

"오늘도 저희 상회를 이용해 주셔서 감사합니다요!"

하지만 상달의 쾌활한 인사와 달리 수련생들의 표정은 그야말로 광 속에서 십 년째 곰팡이와 함께 썩어 있는 빗자루처럼 푸석해져 있었다.

\* \* \*

장건의 투사학예가 대부분 실생활에 관련된 것이었기 때문에 의외의 횡재(?)를 한 건 서가촌 사람들이었다.

수시로 비질을 하니 거리는 깨끗했고, 일손이 부족해 놀리던 땅들은 훌륭한 경작지로 거듭났다. 버려야 할 헌 옷가지 등을 저렴하게 매입해 가기도 하고 심지어 빨랫감을 가져다가 빨래도 해다 주었다. 마을에서 생산된 채소들을 매일같이 왕창 사가서 지역 경제에까지 도움이 되었다.

덕분에 장건과 수련생들, 뿐만 아니라 충무원을 세운 중군도독부에 대한 평판까지도 덩달아 좋은 얘기들만 흘러나오는 중이었다.

그러나 무엇보다 서가촌 사람들이 가장 좋아한 것은 바로 사람들의 왕래가 늘어났다는 점이었다. 오가는 사람도 없어 심심하기까지 하던 마을에 외부 사람들이 많이 보이기 시작한 것이다.

그중에서도 가장 활기찬 곳은 바로 중앙 거리의 찻집이었는데…….


제갈영은 충무원에 납품을 하고 장건과 같이 점심까지 먹은 뒤 서가촌으로 다시 돌아왔다. 경쟁자들 중에서 가장 안정적인 성장세를 보이고 있는 데다 장건과도 많은 시간을 보내기 때문에 하루하루가 즐거운 제갈영이었다.

한데 희희낙락하던 제갈영은 상달의 얘기에 귀가 번쩍 뜨였다.

"이게 정말이에요?"

"그렇다니까요. 지금 막 사람들이 완전……. 이걸 보시라니까요."

상달이 제갈영에게 비단에 싸인 화선지 한 장을 내밀었다. 고급스러운 비단으로 테가 둘리진 화선지에는 눈이 튀어나올 정도로 기가 막힌 미인의 그림이 그려져 있었다. 흔히 말하듯 천상에서 내려온 선녀와도 같았다.

근데 그 미인의 얼굴이 익숙했다.

백리연의 얼굴을 닮았다.

그리고 우측에는 굉장한 달필로 글귀가 쓰여 있었다.

세상에 둘도 없는 빼어난 미인이 있어[絶代有佳人]
쓸쓸한 마을에 은거하고 있네[幽居在空村]
거기가 어디인가 물으니[問我哪裡有]
서가촌이라 하더라[西家村叫他]

가인(佳人)이라는 시를 교묘하게 대구를 맞추어 쓴 시였다.

제갈영은 손을 부들부들 떨었다.

"우, 웃기네! 지가 무슨 이렇게 생겼어?"

"실제가 더 낫죠."

제갈영이 상달을 째려보았다.

"아저씨 해고예요."

상달은 기죽지 않고 차분하게 말했다.

"에이, 점주님. 이럴 때일수록 감정에 휩싸이지 않고 냉철하게 사고해야 하는 겁니다. 그래야 판단을 잘할 수 있어요."

제갈영은 다시 한 번 그림을 보면서 바들바들 떨었다.

"장사가 되지도 않을 거 같은 데에 가게를 차려서 설마 설마했더니……."

이게 괜히 자기 자랑이나 하려고 비싼 돈 주고 사람 불러 그림 그리고 글 쓰면서 만든 게 아닌 것이다.

제갈영이 속았다는 듯 화를 내며 소리쳤다.

"아무것도 모르겠다는 얼굴로 호호거리면서 여우같이 웃더니, 뒤로는 몰래 전단을 뿌려서 뒤통수를 쳐?"

"이러지 말고 직접 가서 보시죠."

"알았어요. 얼른 가요! 직접 가서 봐야겠어!"

제갈영은 백리연의 얼굴이 그려진 그림을 와락 구겨 들고는 상달과 함께 백리연이 운영하는 다관으로 향했다.

가까이까지 갈 필요도 없었다. 멀리서 딱 봐도 사람이 바글바글해 보였다.

제갈영과 상달은 근처의 집 담벼락에 붙어서 다관을 살폈다. 자세히 보니 손님들 대부분이 서생 차림이었다.

조용하고 기품 있게 차를 마시면서 몇몇은 시를 읊는다. 그러면 옆에서 감이 대구를 맞추기도 하고 호응도 한다. 그들의 시선 대부분이 백리연을 향해 있음은 물론이다.

백리연은 그새 종업원까지 구했다. 백리연은 일을 하지 않고 그저 그들을 보면서 가끔 웃어주거나 할 뿐이다.

그 꼴을 보고 있으니 서질로 '자알 논다!' 하는 말이 목까지 치밀어 오르는 제갈영이었다.

"이야…… 얼굴 하나 믿고 저러는 것도 진짜 대단하다, 진짜진짜."

제갈영이 분한 얼굴로 그림을 보이며 물었다.

"이거 어디서 뜯어 왔댔죠?"

"숭양서원 앞에서요. 거기 학당이랑 그런 게 엄청 많아 가지고 이런저런 전단(傳單)이 잔뜩이거든요. 뭐 숙소라든가 반점이라든가 하는……. 근데 그 가운데에 딱 붙어 있더라고요."

"어쩐지! 쓸데없이 찻집을 이런 데다 차린 게 아니었어."

숭양서원이나 대법왕사가 남쪽의 다른 마을과 이어져 있기는 하지만 거리상으로는 서가촌과도 매우 가깝다. 걸어서 반 시진도 채 안 걸리는 거리다. 그러니 처음부터 노리고 왔다고 생각할 수밖에 없었다.

"대단하다."

제갈영은 이를 갈았다. 속으로 너무 안주하고 있었나 하는 생각이 들 정도였다. 이걸 전부 계산하고 왔을 정도로 치밀할 줄 몰랐다.

상달이 옆에서 소곤댔다.

"우리도 대책을 좀 강구해야 할 거 같은데요. 이러다가 한 방에 역전되게 생겼어요. 대법왕사까지 가면 거기 앞에도 엄청 사람들 많거든요. 그 사람들이 다 오면……."

"뭘 강구해?"

상달의 뒤에서 들려온 목소리였다.

"히익!"

상달이 기겁하며 뒤를 돌아보았다. 양소은이 팔짱을 끼고 담벼락에 붙어 있는 둘을 빤히 쳐다보고 있었다.

상달은 찔리는 게 많은지라 제갈영의 뒤로 숨었다.

"에헤헤, 그동안 만수무강하셨습니까."

"너 아주 팔자 폈다? 남의 밑으로 가니까 좀 편한가 보다?"

"에헤헤헤, 그야 뭐, 다 누님 덕 아니겠습니까."

"누님? 누니임?"

양소은이 눈을 치켜뜨자 제갈영이 가로막았다.

"남이사 뭐하든 무슨 상관이셔? 그리고 남의 직원한테 집적대지 마시구요, 좀."

"허어, 요 꼬맹이 보게?"

양소은의 눈초리가 치솟는 걸 보고 상달이 끼어들었다.

"지금 싸울 때가 아닙니다. 아차 하면 다 닭 쫓던 개 지붕만 보게 생겼어요. 저길 보세요."

상달이 손님으로 북적거리는 백리연의 다관을 가리켰다. 양소은은 무표정하게 대꾸했다.

"봤어."

"보셨는데도 긴장이 인 되세요?"

"내가 왜?"

"그야…… 일단 너무 잘나가는 사람이 있으면 견제를 해줘야 비슷해지지요."

"나도 덕분에 장사 잘 되는데?"

"네?"

"오늘 저기 차 마시러 온 사람들 한 열댓 명 우리 무관에 등록하고 갔어. 공부만 했더니 체력이 떨어졌다나? 내일은 친구들도 데려온대. 와서 운동하고 차 한 잔 마시고 그러고 가면 좋겠다고 허허허 웃던데?"

"허어, 숭양서원이 있는 집 자제들 공부시키려고 보낸 데라서 그런가……."

제갈영이 퉁명스럽게 말을 내뱉었다.

"그래서 그러겠어?"

제갈영은 양소은을 위아래로 훑어보았다.

평소에도 늘 간편하고 자유분방하게 입고 다니는 양소은은 오늘따라 복장이 더욱 남세스러웠다.

바지를 입긴 했지만 상의는 소매가 아예 없고 허벅지까지 내려오는 초록색 비갑(比甲)만 걸쳐 입었다. 게다가 상의가 좀 작은지 착 달라붙어서 두드러지게 가슴이 돋보였다. 허리를 숙이면 가슴을 감싼 가리개 사이로 속살이 보일 듯 말 듯 아슬아슬하다.

거기다 탄탄한 어깨와 팔의 근육이 양소은의 건강미를

더욱 부각시키고 있었다.

저런 차림으로 무공 초식을 펼치면 어지간한 남자들은 넋을 놓고 헤벌레 한 얼굴로 볼 것이다.

제갈영은 심통 난 얼굴로 조그맣게 중얼거렸다.

"날도 쌀쌀한데……. 머리가 나쁘면 춥지도 않나?"

백리연에 비하면 미모는 떨어질지 몰라도 양소은만이 가진 독특한 분위기와 매력이 있다. 아직 앳된 제갈영이 가지지 못한 그런 것.

제갈영이 삐죽댔다.

"정말 잘났다. 며느리가 되기 위한 시험인데 하나는 웃음을 팔고, 하나는 몸을 팔고. 흥."

듣기에 따라서 굉장히 모욕적인 말일 텐데 양소은은 태연하게 되물었다.

"야, 무관에서 무술 가르치는 사람이 그럼 몸으로 먹고살지 뭘로 먹고사냐. 입으로 먹고살아?"

제갈영은 질린 얼굴로 양소은을 째려보았다.

"으…… 욕을 해도 알아들어야 욕이 되는 거지. 바보한테 욕을 한 내가 바보다."

"그걸 이상하게 생각하는 니가 이상한 거야."

"씨이."

제갈영은 입을 부풀리다가 문득 생각나서 물었다.

"근데 너…… 아니, 언니는 왜 여기다가 무관을 차린 거야? 저 언니야 처음부터 이렇게 할 걸 생각하고 여기에 차린 거라지만?"

"나?"

양소은은 뺨을 긁었다.

"난 뭐 너나 연이나 여기에 차리기에 그냥 나도 옆에다가 차렸지."

제갈영과 상달은 양소은을 멍청하게 보고 있다가 한숨을 내쉬었다.

"어휴, 이젠 한심스럽다는 생각도 안 든다."

"에휴, 기대한 사람이 잘못이죠."

양소은이 희미한 살기를 띠고 웃었다.

"이것들이 아까부터 보자 보자 하니, 내가 매출이 좀 나와서 기분이 좋으셔서 봐줬더니 만만하게 보이냐?"

드러난 팔 근육에 핏줄이 돋는 게 보였다.

그 순간 상달이 제갈영을 옆구리에 끼고 달렸다.

"다시 만날 날까지 안녕히 계십쇼!"

"야! 거기 안 서?"

상달에게 붙들려 가면서 제갈영은 잊고 있던 한 사람을 떠올렸다.

"그러고 보니 그 언니는 무슨 생각으로 어마어마한 돈을 빌려서 국수나 팔고 있는 거야?"

양소은이야 아무 생각 없이 그랬다지만 대체 하연홍은

무슨 생각으로 거금을 빌린 것일까?

사람이 늘면야, 뭐…… 국수도 그만큼 팔리긴 하겠지만 말이다.

"나도 이대로 있으면 안 되겠는데……."

제갈영의 눈이 반짝거렸다.

\*   \*   \*

백리연의 찻집은 연일 성황이었다.

인근에도 소문이 나 수많은 학관과 서원에서 사람이 몰리기 시작했다.

처음엔 단순히 미녀가 있다는 소문 때문이었고 그것은 지금도 여전히 유효하지만, 다른 이유로도 유명해지게 되어서였다.

학업을 하러 모인 이들이다 보니 점차 토론과 시 대결 같은 지적 유희의 장으로 변모하고 있었던 것이다. 부모들이 돈을 써서 억지로 보낸 이들도 있는지라 허세를 부린다고 값비싼 차를 서로 시키기도 했다.

다관은 늘 사람들로 북적였고 덕분에 하연홍이나 양소은은 예기치 않게 덩달아 매출이 상승했다. 번번한 반점도 없는 곳이라 배가 고프면 하연홍의 반점에서 국수를 먹고, 운동을 한다는 빌미로 양소은의 도장에 등록하곤 했다.

이 상황에서 가장 뒤처지고 있는 것은 제갈영이었다. 제갈영은 충무원의 부자재를 공급하며 안정적인 매출을 올리고 있었으나 갑자기 폭등한 다른 경쟁자들에게 점차 밀리는 중이었다.

그러나 가만히 있을 제갈영이 아니었다.

어느 날, 여느 때처럼 바글바글한 서생들이 가득한 와중에 백리연은 뜻밖의 손님을 마주하게 되었다.

단정한 비단옷을 입은 노학사 몇이 다관으로 들어왔다.

노학사들을 본 젊은 서생들이 놀라서 일어났다.

"원장님!"

"학관장님!"

숭양서원의 원장과 근처 큰 학관의 학관장 몇이 함께 방문한 것이다.

"거 참, 이 녀석들이 요즘 대체 어딜 그렇게 쏘다니는가 했더니⋯⋯."

서생들이 어쩔 줄 모르고 있는데 백리연이 나서서 그들을 마중했다.

"어서 오세요."

엄한 표정의 노학사들이었으나, 백리연을 보고는 다들 흠칫 놀라는 기색이 역력했다. 말은 안 해도 전단에 그려진 그림 그대로라고 생각하고 있음이 분명했다.

백리연이 꽉 찬 다관을 돌아보며 곤란한 얼굴로 말했다.
"자리가 없는데……."
백리연의 말이 끝나기가 무섭게 수려한 인상의 서생이 바로 일어섰다.
"서행후장자위지제(徐行後長者謂之弟)라, 천천히 걸어서 어른보다 뒤에 가는 것도 공손하다 이르는데 하물며 존경하옵는 분들을 두고 어찌 제가 감히 앉아 있을 수가 있겠습니까."
다른 서생들도 분연히 자리를 떨치고 일어났다.
"예(禮)에는 순서도 구분도 없다고 하였습니다. 제가 말씀은 뒤늦었으나 예에 있어 부족하지 않으니 이쪽으로 앉으십시오, 선생님."
"아닙니다. 이쪽으로."
노학사들은 떨떠름한 표정을 지었다.
"이 녀석들이 이럴 때만……."
생각 같아서야 앉아서 차도 마시고 그러고 싶었으나 젊은이들 틈에 끼어 봐야 나중에 주책맞다고 욕이나 먹을 게 뻔한 것이다.
"됐다. 차를 마시러 온 것이 목적이 아니니 나중에 하지."
서생들이 물었다.
"허면 어인 일로 예까지 오셨습니까."

"이곳에 아주 신묘한 장소가 있다 하여 들렀다. 누가 그곳까지 안내를 좀 해 주겠느냐?"

서생들의 절반이 '아하!' 하고 탄성을 냈다.

"그곳 말씀이시군요."

"서가촌의 떠오르는 명소지요."

"그곳이라면 선생님들께서도 궁금해하실 만합니다."

백리연이 고개를 갸웃했다.

"그곳? 명소?"

요즘에 가게 일로 바빠서 정신이 없던 차라 다른 일은 잘 모르는 백리연이었다.

서생들이 귀를 쫑긋하더니 서로 나섰다.

"저희가 선생님들을 모실 테니, 소저께서도 같이 가시지요."

"그게 좋겠소이다."

"다들 이 기회에 서가촌의 명물이란 그 장소에 함께 가보도록 합시다."

다들 우르르 몰려나가는 바람에 백리연도 휩쓸리듯이 함께 따라 나서고 말았다.

'서가촌 명물이라니? 도대체 그런 게 언제 생긴 거지?'

아무리 대외 일에 무심했어도 그런 게 있는지조차 몰랐기에 궁금하긴 궁금했다.

관도에서 좀 떨어진 평범한 산속이었다.

향하는 길목에 '서가촌의 명소! 이곳을 보지 않고는 서가촌을 안다고 논하지 말라!' 따위의 푯말과 '위험하지 않습니다. 다치지 않아요. 재밌습니다!' 라고 적은 푯말도 보였다.

줄도 길게 늘어서 있었다. 서생들은 물론이고 보통의 사람들까지 놀러 온 듯 보였다.

울타리를 길게 쳐 놓고 입구에서 입장료까지 받고 있었다.

"자자, 줄 서서 여기 입장료를 내시고 그냥 들어가서 구경하시면 됩니다. 이런 기회가 흔하게 오는 게 아니죠! 진법에 대해 모르는 사람도 상관없습니다. 위험하지도 않고, 다치지 않게 전설 속에나 나오는 진법을 경험할 수 있는 아주 좋은 기회! 학사님들께서는 학업의 일환으로, 가족들은 나들이로! 자자…… 단체는 할인해 드리니까 한 푼이라도 아끼시려면 잊지 말고 친구, 연인, 가족분들과 함께 오십시오. 어이쿠, 이쪽 분들도 어서들 오십시오!"

상달의 우렁찬 목소리였다. 어찌나 호객 행위를 잘하는지 대단한 재능이 느껴졌다.

'설마 여기도 제갈 동생이 하는 사업이었어?'

백리연이 상달에게 다가가 귀엣말로 물었다.

"도대체 뭐하는 데죠?"

"말이 필요 없습니다. 들어가 보시면 압니다."

백리연도 입장료를 내고 노학사, 서생들과 함께 입장했다.

입구로 들어가 수풀 길을 좀 지나 걸어가니 평범한 산속 풍경이 보였다.

울타리를 따라 걸으면서 사람들이 저마다 '우와!' 하며 신기하게 풍경들을 바라보고 있었다.

백리연은 이마를 찌푸렸다.

"이게 뭐가 명소라는……."

하지만 투덜거리던 백리연도 금세 뭐가 신기한지 알 수 있게 되었다.

어딘가 모르게 불편해지는 기분.

막연하게 답답해지고 꺼칠꺼칠한 기분.

'뭐지? 왜지?'

앞서 걷고 있던 노학사들은 백리연보다 먼저 이상함을 알았다.

"허어."

"과연 신기로고."

"대체 어떤 진법이 이러한 것인가?"

"너희들도 잘 보거라. 연구할 가치가 있겠구나."

서생들도 연신 감탄을 터뜨리며 여기저기를 둘러보았다.

딱히 대단한 게 있는 건 아니었다. 그런데 사람을 희한하게 답답하게 만드는 기분이 들었다.

어쩐지 풀이고 나무고 죄다 비슷한 모양으로 생겼다. 분명 모양도 크기도 다 다른데 이상하게도 죄다 쌍둥이 같은 느낌이 든다. 절대 그럴 리 없는 자연 상태의 풀과 나무들이 깔끔하게 줄이라도 선 느낌이었다.

정말로 진법에 갇힌 듯한 기묘한 기분.

백리연은 아차 싶었다.

언젠가 분명히 지금과 비슷한 느낌을 받은 적이 있었다.

하연홍의 집을 수리하던 날, 제갈영이 말했었다.

"맞다! 그때 오라버니랑 처음 만났을 때다. 할아버지께서 진법은 아닌 게 확실한 거 같은데 보기만 해도 진법만큼의 위압감이 느껴져서 희한하다고 하셨어요. 지금이랑 딱 똑같았겠네요."

"아!"

그제야 무슨 일이 있었는지 깨달은 백리연은 이를 갈았다.

역시 만만한 상대가 아니었다. 어떻게 장건을 꼬드겨서 만든 게 분명했다. 순진한 장건은 도와 달라는 대로 했을 테고.

"치사하게 잔술수를 부리는군요, 동생? 진짜 이렇게 나오기야?"

　백리연이 발을 동동 구르며 혼잣말을 하자 지나가던 사람들이 백리연을 죄다 쳐다보았다.

"와아, 저 여자 누구야?"

"되게 이쁘다. 선녀 같아."

"근데 왜 앞에 아무도 없는데 혼자 말을 하고 있지? 미쳤나 봐."

"안됐다. 저렇게 예쁜데."

"저만큼 예쁘면 난 미쳐도 괜찮아."

　등등의 수군거리는 말들이 들려왔다.

　백리연의 얼굴이 빨개졌다.

　백리연은 재빨리 걸음을 돌려 사람들에게서 벗어났다.

　사람도 없고 한적하여 장건을 유배(?)시키기에 딱 좋았던 서가촌.

　그곳에 변화의 바람이 불기 시작했다.

〈다음 권에 계속〉

FANTASYSTORY & ADVENTURE

서명 판타지 장편소설

# INTO THE DREAM

# 인투 더 드림

사는 세계도, 방식도 다른 세 남자가
엮어내는 몽환의 서사
꿈속에서 이루어지는 그들의 만남이
물리적 공간을, 시간의 질서를 뒤흔든다!

dream books
드림북스

# DARK EMPEROR 흑제

오렌 퓨전 판타지 장편소설
FUSION FANTASY STORY & ADVENTURE

『무한의 강화사』, 『무한의 마도사』
만인의 작가 오렌이 선보이는 명품 판타지!

## 『흑제』

이로이다 대륙을 평정하는 중원의 살수.
무혼의 이야기가 이제 시작된다.
거침없는 그의 행보에 동참하라!

흑태자 판타지 장편소설

FANTASYSTORY & ADVENTURE

달과 그림자의 지배자, 이 세계에 떨어지다!
그림자 세계의 고귀한 황태자, 시슬란.
모든 것을 되찾기 위한 그의 행보가
천지를 뒤흔든다!

다크프린스

Dark Prince

dream books
드림북스

문피아 선호작 1위! 골든 베스트 1위!

『검명무명』, 『반검어천』의 작가
자우 신무협 장편소설

# 항마신장

아버지와 스승의 유언을 가슴에 새기고
십수 년만에 중원 강호에 돌아온 필부.

소림사(少林寺) 불가욕(不可辱).
천하무종 소림, 누가 그 이름을 욕보일 수 있는가!

DREAMBOOKS

DREAMBOOKS

DREAMBOOKS

DREAMBOOKS